Thomas Neukum

Die Normalität ist anderswo

Zwei Kurzromane

Bibliografische Information der Deutschen Nationalbibliothek:
Die Deutsche Nationalbibliothek verzeichnet diese Publikation
in der Deutschen Nationalbibliografie; detaillierte bibliografische
Daten sind im Internet über http://dnb.dnb.de abrufbar.

© 2017 Thomas Neukum
Herstellung und Verlag
BoD – Books on Demand, Norderstedt

ISBN: 978-3-7528-5184-7

In dieser kollektivistischen Zeit
so individualistisch wie möglich zu leben,
ist der einzige echte Luxus, den es noch gibt.

Orson Welles

Inhalt

Bauchgefühl

Vanessa, farciert

Vernaschungen in der Hansestadt

Sie bestellte noch einen schaumig verlockenden Cappuccino nach dem knusprigen Lachsschinken-Baguette mit Salatgurke auf dünn geschnittenen Eiern, um das sie kaum hatte ihre Lippen schließen können, und blickte seufzend mit ihrer Sonnenbrille über das funkelnde Meer. Im vormittäglichen, leicht- und sattblau durchschnittenen Horizont erfühlte Vanessa sich selbst.

Ihr gestuftes Haar glänzte brünett, und sie hatte ein feminin geschnittenes Gesicht auf einem schlanken Hals. Wie ihre unterm Tisch gestreckten Beine wirkte dieser lang, gerade weil ihre Körpermitte eher kurz war, und zusammen mit den hübschen bequemen Absätzchen schienen dadurch ihre 1 Meter 61 gar nicht mal klein. Sie trug Jeansshorts und ein rosa-granitgraues T-Shirt, das locker über ihre Brüste fiel.

Wenn sie an den vergangenen Tagen von neun bis elf Uhr im *Nordcafé* saß, hatte sie ihre Augen unbedeckt gelassen, die teils blaugefächert, teils bräunlich glommen. Doch immer wieder hatte irgendein modischer Typ rübergespäht, der vielleicht nur auf der Promenade latschte, und sie angemacht: „Bist du nicht die schöne Vanessa, die in der Castingshow geträllert hat?"

Ja, die war sie, und sie hatte sich sogar von ihrem Freund getrennt. Er hatte ihr nämlich solange geschmeichelt, dass sie „wundervoll" singe – statt angeblich „scheiße" –, bis sie es selber glaubte und das Urteil der Jury sie wie ein Schlag in die Magengrube traf. Aber auch diejenigen flirtenden Männer, die sie nicht bei ihrer kurzlebigen Bühnenbloßstellung gesehen hatten, interessierten Vanessa nicht.

Der Kellner stellte inzwischen die große Tasse mit Cappuccino vor sie hin – den dritten schon, den sie sich gönnte –, und sie wandte den Blick mit einem „Danke" wieder vom leicht windgekräuselten Meer ab. Schräg gegenüber, im schattigen Winkel der Terrasse, saß jeden Tag ein attraktiver und geheimnisvoll schweigender Kerl. Er hatte dunklere Haut als sie und zotteliges Haar. Sie hätte nicht entscheiden können, ob seine Schultern eher kantig oder rund waren, aber offensichtlich trug er gerne einfarbige Markenshirts. Manchmal schaute er müßigentspannt zu ihr herüber, und sein Blick wirkte gleichzeitig so tief, fast abgründig gesammelt, dass er in Vanessa eine schwummerige Reibung erzeugte. Ihn fand sie interessant; durch irgendwas an ihm fühlte sie sich verstanden.

Sie hielt ihn für einen Urlauber. Betont streifte sie die Sonnenbrille ab und nahm einen nervösen Schluck. Wenn sie ihn nicht endlich ansprechen würde – vielleicht war er morgen für immer hinter blauem Horizont verschwunden?

Vanessa stand mit ihrem Täschchen in der einen, dem

Cappuccino in der anderen Hand auf und suchte sich eine Floskel auf die Zunge zu legen, beziehungsweise etwas Besseres. Hoffentlich sprach er Deutsch oder wenigstens Englisch, was sie auch noch hinkriegen würde. Nach wie vor schritt sie, als könnte die Kamera sie kritisieren. Er schaute ihr zurückgelehnt und zuversichtlich entgegen.

„Hallo, an dem Tischchen wird man immerhin nicht von jedem begafft. Darf ich bei dir weiterschlürfen?"

„Gerne."

Sie hing ihre Handtasche über die Stuhllehne und setzte sich. In seinem Glas leuchteten nicht mehr viele Schlucke, als er fragte: „Bist du nur noch diese Woche hier?"

„Ich? Ich wohne hier. Du etwa auch?"

„Ich auch, ja. In dem Fall hängst du hier nur für ein paar Tage Heimaturlaub ab?", hob er sein Glas.

„Abhängen", leckte sie ihren Mundwinkel, nachdem sie ebenfalls getrunken hatte, „sieht man mir das an?" Er schüttelte lächelnd den Kopf: „Natürlich siehst du flott aus."

„Danke." Sein Kompliment hatte auf sie dieselbe Wirkung wie das süßlich rinnende Kaffeegetränk. „Ich bin Vanessa", reichte sie ihm die Hand.

„Rob", ergriff er sie erstaunlich zart, „eigentlich Robert. Hast du Lust, heute im *Sardanapal* mit mir zu Mittag zu essen?"

„Und ob ich Lust habe. So in zwei Stunden? Ich hab lästigerweise noch was mit 'ner Freundin ausgemacht."

„Gut", antwortete er, „dann schauen wir uns dort in die Seelen."

Das *Sardanapal* war ein iranisches Restaurant, dessen Besucherzahl aufgrund diffuser politischer Ängste zurückging, obwohl das traditionell gekleidete Personal selbst unansehnliche oder aufgetakelte Frauen respektvoll wie kleine Sultaninnen behandelte und Extrawünsche mit einer Geduld entgegennahm, von der sich die meisten Deutschen ein zehnfaches Augenrollen entfernt sehen. Vanessa und Rob saßen drinnen, wo rotbräunliche Töne mit Weiß kontrastierten.

Sie hatten eine Platte koriandergewürzten Reis mit Hammelstückchen und gedämpftem Blattgemüse an Joghurt für zwei Personen bestellt, die sich der Koch von den Mengen her anscheinend wie dicke Großwesire vorstellte. Statt beispielsweise einen Happen Fleisch aufzuspießen, schob Vanessa stets ein bisschen von allem auf die Gabel, um die volle Geschmacksdröhnung zu erzielen. Rob schmunzelte: „Du scheinst immer einen gesegneten Appetit zu haben."

„Ja. Weißt du, ich hab nicht danach gefragt, in diese Welt als irgendjemand hineingeboren zu werden, aber wenn ich schon hier bin, dann will ich nicht mit leerem Magen wie der Fakir auf dem Nagelbett liegen. Tatsächlich litt ich eine Zeitlang unter verflucht schlechtem Appetit. Ich hab an 'nem Fernsehcasting teilgenommen, der Lebenstraum ist geplatzt und durch den ganzen Stress mein Gewicht nach unten gepurzelt. Mein Stoffwechsel ist schnell", zupfte sie luftig an ihrem Oberteil, „und Kleidergröße 34 will ich mir nicht kaufen. Ich bin nämlich Diätassistentin von Beruf und muss leider morgen nach einer Auszeit wieder arbeiten." Sie mampfte frustriert. „Und du?"

Er grub seine Gabel in den Reis, trank und beugte sich vor. „Ich war Drummer in einer Band, den *Rocking Blizzards,* bevor ich mit zwei Filmen vor allem in England berühmt wurde." Innehaltend starrte sie ihn bei seinen Worten an wie eine Erscheinung. Er breitete die Handflächen aus: „Die Leute bejubelten mich, ich verdiente Geld wie ein Pharisäer – aber das alles war nur ein großer Scheißdreck."

Vanessa wusste noch immer nicht, ob sie weiterkauen sollte. Schließlich rollte sie den ganzen Bissen an ihrem aufmüpfenden Kehlkopf vorbei. „Und warum war das alles", sank sie leicht zu ihm über den kleinen Tisch, „ein großer Scheißdreck?"

„Wegen der ganzen falsch blinkernden Massenindustrie, insbesondere jedoch wegen einem Fall", wühlte er seine Gabel beladen aus dem Reis. Beim Betreten des Restaurants hatte er Vanessa, deren Auto hinter einer Ecke geparkt war, nach ihrem Alter gefragt. Mit 25 war sie ungefähr zehn Jahre jünger als Rob, und die Ereignisse von damals hatte sie zwar am Rande mitgekriegt, aber wieder vergessen. Er begann:

„Du weißt, was Groupies sind, weißt, wie schnell Frauen und Mädchen mit einem Mann nur wegen seines Namens ins Bett schwirren, der meist auch noch erfunden ist. Macht ist eine halluzinogene Droge. Nun, eine junge Engländerin – im Nachgeschmack herb wie rotblond gepanschter Apfelwein – wollte als Reaktion auf einen meiner Filme unbedingt mit mir Sex. Für mich sah sie wie 20 aus. In Wirklichkeit war's eine Nacht vor ihrem 18. Geburtstag, und ich saß fünf Jahre wegen Vergewaltigung im Gefängnis."

„Was? Wie, warum?"

„Sie konnte vor ihrer Familie oder ihrem eifersüchtigen Freund nicht zu der Tat stehen", stach er in das sickernde Gemüsenest. Vanessa steckte alles wie Popcorn in sich, während sie weiter lauschte. „Allein der Prozess hat Monate gedauert. Ich besorgte mir dafür einen dieser Staranwälte. Aber dieses kleine Luder hatte sich geschickt blaue Flecken zugefügt, und Zeugen wollten gehört haben, wie sie nein sagte, als ich sie von dieser Party – einer dröhnenden Party – mit auf mein Hotelzimmer nahm. Der Prozess hat Millionen und wie ein Drache meinen Glauben an die Menschheit verschlungen."

Vanessa war betroffen. Sie glaubte ihm und empfand eine begierige Zärtlichkeit, es wiedergutzumachen. In ihr erstand der Wunsch zu zeigen, dass es durchaus hingebungsvolle Frauen gab, die durch dick und dünn gehen. „Und was machst du jetzt?"

„Ich trage Zeitungen aus."

„Einfach nur Zeitungen? Davon kann man leben?"

Er zuckte die Achseln. „Die Medien haben mich damals gehörig verhetzt. Es ist ein Versuch, mich mit ihnen wieder zu versöhnen und Frieden zu finden."

16

Der orientalische Kellner sah nach ihrem Wohl, und Vanessa bestellte noch zweimal Zitronentee. Trotz allem war sie stolz auf ihr Rendezvous mit Rob, vielleicht sogar umso stolzer, weil ihn dieses vorläufige Ende in ihren Augen nur außergewöhnlicher machte. Ihre Brust hob sich, und sie atmete warm aus. „Mann, ich bin ganz schön satt."

Nachdem er darauf bestanden hatte, die Rechnung zu begleichen, zeigte ihnen die Sonne draußen bereits den Nachmittag an. Vanessa zog im saumseligen Gehen ein purpurrotes Notizblöckchen aus ihrer Tasche, in das sie Zahlen untereinander schrieb.

„Was machst du?", schaute Rob hin.

„Oh, ich überschlage die Kalorien. Würdest du nach einem ausgiebigen Bummelspaziergang auch noch mit mir zu Abend essen?"

„Etwas Besseres könnte ich nicht vorhaben, klar."

Lächelnd steckte sie den kleinen Notizblock zurück und holte stattdessen ein Päckchen Mentholzigaretten hervor. „Kränkt es dein ästhetisches oder moralisches Empfinden, wenn ich rauche?" Mit ironischem Wohlwollen erwiderte er ihr Lächeln: „Ich fühle mich geschmeichelt, wenn du deine Laster vor mir so rückhaltlos preisgibst."

Auf ihr gegenseitiges Nachfragen hin erzählte erst Vanessa, dass sie einer Patchworkfamilie entstamme, die auf eine fast absurde Weise modern und altbacken zugleich sei. Sie hatte einen Bruder, einen Stiefbruder, eine Halbschwester, einen Stiefvater, einen Vater und natürlich auch eine Mutter.

Die Halbschwester hieß ebenfalls Vanessa, weil ihr Vater ihre Mutter in deren Schwangerschaft verlassen und eine andere Frau geschwängert hatte, die zufällig denselben Namenswunsch für ihr Kind hegte. Sie wohne in Straßburg oder Genf. „Ich habe keinen Kontakt zu ihr, aber sie soll Frauen und Männer gleichermaßen anziehend finden. Angeblich leistet sie sich einen schweren Exzess nach dem anderen. Als Ergebnis hiervon hat ein kluger Arzt eine bipolare Störung diagnostiziert, sprich sie sei manisch-depressiv." Rob hörte zu, ohne zu lachen.

Ihr Stiefvater jedoch arbeitete bei der Caritas. „Er ist der lebensfrohe, sinnerfüllte Typ. Mit lieber Geduld hat er mich stets wie sein eigenes Kind behandelt. Aber ich mogelte beim Spielen oft und wollte den anderen nichts von meiner Schokolade abgeben. Bis in mein Erwachsenenalter hinein hat er mir erklärt, wie wichtig Mitgefühl auch für einen selber sei, wie sehr Egoismus nichts als Unfriede stifte. ‚Daran ist nichts Hochphilosophisches, liebe Vanessa, dass wir als soziale Wesen nur durch die Sozialität wirklich glücklich werden. Hilf anderen', lautet ewig sein Rat." Sie schlenderte in sich versunken mit Rob zwischen den Leuten hindurch. „Ich habe es versucht, ich bin Diätassistentin geworden. Aber naja", zog sie an der Zigarette und genoss die Wirkung des ungesunden Nikotins in ihrem Körper.

Im Gegensatz zu ihr war Rob ein Einzelkind. Die durchaus liebevolle Mutter hatte als Tanz- und Musiklehrerin gearbeitet, bevor sie allerdings im Zuge seiner

Volljährigkeit panisch einen zweiten weiblichen Sommer erleben wollte und mit einer Gruppe von Chaoten durchbrannte. Sein Vater war Mexikaner. Jedes Jahr kam er einmal zu Besuch und klopfte seinem Sohn mit schwerer rauer Hand auf die Schulter, lachend: „Jchrunge, wie groß du geworden bist! Bald kannst du einen Mezcal trinken", dann ging er wieder. Hard Rock, aber auch Segeln und Klettern boten für Rob damals ganz private Möglichkeiten, damit fertig zu werden.

Fürs Abendessen wählten sie das Restaurant eines mittelklassigen Wellness-Hotels, das sich nun im Juni langsam zu füllen begann. Vanessa hatte Lust auf gefüllte Pfannkuchen mit Pilz-Rahm-Geschnetzeltem und knackigem Gemüse. Rob aß Backkartoffeln mit Steak. Auf unbestimmte Weise hatte die Genussfreudige das Gefühl, als würde sie ihn schon eine Woche statt nur einen Tag kennen.

„Damals, als du unschuldig im Gefängnis warst", hob sie an und pausierte nochmals, weil sie den Mund zu voll mit cremigem Teig hatte, „wie hast du denn die ganze Enthaltsamkeit da verwunden?"

Sein weißer Teller wurde rosiger, als er abermals vom Steak abschnitt. „Nicht übermäßig gut. Die ersten ein oder zwei Jahre sind mir nicht mal so schwer gefallen, gerade wegen meiner bitteren Frustration gegenüber dem weiblichen Geschlecht: So ein düsterer Zorn flackert immer wieder in mir auf … Aber, verflucht sei's, im tiefsten Grunde bin ich ein Romantiker."

Obwohl Vanessa seinen Worten reges Interesse entgegenbrachte, musste sie mit einem flüchtigen Blick nach unten einen der zwei Knöpfe an ihrer Jeansshorts öffnen, weil einfach ihr voller Bauch nach außen drängte. Sie überdeckte den freigewordenen Spitzenbesatz ihres türkisbläulichen Höschens mit dem Shirt und entschied sich für eine Nachspeise.

„Zuletzt", gestand Rob, „habe ich mich allerdings nur noch danach gesehnt, mein Gesicht am duftenden Bauch einer Frau zu bergen, einer offenen, nicht so hart kalkulierenden und süßlichen Frau."

Warm erschauernd, schob Vanessa ihr Himbeerdessert mit der Zimtstange in sich.

Sie wohnte zwei Stadtteile vom erdunkelt schimmernden Wasser entfernt, wohin sie jetzt mit ihrem schnittigen Auto fuhren. Rob besaß nur ein Mountainbike und benutzte zuweilen die S-Bahn. Eine malerische Erregung durchfloss und -sprudelte Vanessa bei dem Gedanken, wie sie den Mund ihres Beifahrers noch vor einem Kuss zu Hause sanft in ihre Scheide drücken würde. Er durfte, er musste ihr trauen. Warum sollte sich nicht wenigstens dieser ichsüchtige Traum verwirklichen, ja war er überhaupt ichsüchtig?

Gleichzeitig unterdrückte sie beim Fahren ein starkes Bedürfnis, aufzustoßen. Denn Rülpsen stellte nach Vanessas Meinung nun wirklich eine Grenze dar, durch deren Überschreiten eine Frau ihre erotische Wirkung zerstörte.

Auf einem großen Parkplatz vor mehreren Wohnhäusern zog sie schließlich aus Gewohnheit zerrend die

Handbremse halb fest und fischte nach ihrem Täschchen auf der Rückbank. „In dieser Gegend schicken die Eltern ihre Kinder und Sonstiges rechtzeitig zu Bett", war sie leicht unsicher auf Lockerheit aus.

Er öffnete die Wagentür. Das Treppensteigen in den vierten Stock ließ Vanessa heute etwas keuchen.

Ihre Zweizimmerwohnung wirkte schick, aber keinesfalls abgehoben oder unübersichtlich. Karamellwarme Töne fanden sich ebenso wie weiße Flächen und ein paar schwarze Möbel. „Mach dir's doch auf der Couch bequem. Möchtest du auch 'nen Cappuccino?"

„Nein, oder doch, damit es dir durch die Geselligkeit besser schmeckt", setzte er sich vielleicht mit Absicht so nachlässig und unangestrengt hin, als begänne ein dreistündiger Spielfilm.

„Das ist aber ein überzeugend netter Grund", stand Vanessa mit ausgezogenen Schuhen an der blubbernden Cappuccino-Maschine in ihrer Küche. Sie platzierte anschließend die zwei Tassen auf dem Couchtisch und brachte hervor: „Ich muss nur kurz ins Bad."

Nachdem sie dort mit zartgeröteten Wangen vorm Spiegel ihr T-Shirt über den Kopf gezogen hatte, kämmte sie nochmals ihr Haar. Sie war schrecklich erregt. Austestend zog sie für einen Moment ihren Bauch ein, was ihr allerdings nur unter leichten Schmerzen gelang, und drückte dann sachte mit ihren Fingerspitzen dagegen: Er gab so wenig nach, als hätte sie rundweg eine Honigmelone drinnen. Vanessa konnte regelrecht spüren, wie sich schmilziger Kristallzucker mit ihrem Blut vermählte und durch ihre Adern pulsierte. Sollte sie sich so vor Rob nicht schämen? Im Gegenteil, ermutigte sie sich selbst, genau das war der pikante Beweis von unverstellter Intimität, den sie beide brauchten.

Sie öffnete nun auch den anderen Knopf an ihren Jeansshorts, wodurch diese nur noch fragil auf ihren Hüften hielt. Mit einem Finger fuhr sie in ihr Spitzenhöschen hinein: Wie sie befürchtet hatte – schon glitschrig. Immerhin roch sie nicht unfrisch (geduscht hatte sie vor zwölf Stunden), aber auch nicht rein. Sie roch im Grunde so, wie sie selber und hoffentlich auch er es mochte, nämlich einfach nach sich. Oder sollte sie noch einmal schnell sich waschen und gar die Unterwäsche wechseln? Dann wäre der Zauber weg. Sie tupfte lediglich aus einem Flakon aphrodisierendes Parfum auf ihren Schamhügel. Schon lange feucht vor Lust zu sein, war am überzeugendsten und unwiderstehlich in Ordnung.

Mit erdbeersamtigem Büstenhalter schritt Vanessa zurück ins Wohnzimmer. Rob hing noch immer wie vorher in der Couch, setzte sich bei ihrem Anblick aber aufrechter hin. Ihr Schenkel berührte die dünne Tischplatte, und ihr Arm streckte sich hinunter zum Tassenrand: „Für das eine oder andere findet sich in mir noch Platz."

Langsam hob sie den Cappuccino zu ihren Lippen, während sie sich ganz zwischen den Couchtisch und Rob stellte. Er kostete ebenfalls einen Schluck, wonach er aber die Trinkende von unten mit seinem Blick fixierte. Sein Gesicht befand sich nur Millimeter von ihren aufgestülpten Shorts und dem Schlüpfer entfernt. Vanessa hatte stabile Nerven, doch nun fieberte sie vor Geilheit. In einem unausgesetzten Zug ließ sie's hübsch in sich hinunterschäumen, ohne Rücksicht darauf, dass sie ihren Gaumen ein bisschen verbrannte. Geradezu berauscht spürte sie, wie sich ihr Bauch noch ein Stückchen mehr dehnte, bis sie damit Robs Gesicht berührte. In der Vergangenheit hatte sich Vanessa ein- oder zweimal im Jahr an Festtagen eben überfüttert, aber das jetzt, das war ein so eindeutig und beglückend sexuelles Gefühl, dass sie es nie mehr vergessen würde.

Indem sie mit einer Streckung des Körpers für einen kurzen Augenblick ihre Schenkel ganz zusammenstellte, glitt ihre Jeansshorts zu Boden. Sie platzierte ihre nackten Füße wieder breitbeiniger, die leere Tasse aber hinter sich auf dem Tisch und grub ihre Finger in Robs Haar, um ihn endlich mit dem allerzärtlichsten Aufseufzen in ihr nasses Höschen zu pressen. Dann streifte er es ihr selber hinunter.

Immer noch im Sitzen fasste er teils an ihren Po, teils an ihren unteren Rücken, damit sie bei festem Halt ganz ihre Hüften vorreckte, und schob seine Zunge kraulend in ihre lechzende Spalte. „O mein Gott, tut das gut!", gewannen ihre Pupillen dunkel an Volumen. Rob hatte recht: auf eine anonyme Masse, die klatscht und tratscht, irgendwelche Leute, die ein Urteil fällen, war doch gepfiffen. Das hier war das Paradies auf Erden.

Auch mit seinen Lippen und den spielerisch neckenden Zähnen ließ er nun ihre scharlachrote Klitoris bis zum Wahnsinnigwerden triefen. Die Beglückte versuchte ihren BH zu öffnen, was ihr im Moment aber nicht gelang, und stöhnte ebenso bestimmend wie flehentlich: „Ich kann zweimal kommen, ich bin sicher, dass ich so schnell vor Leidenschaft nicht mehr ernüchtere. Leck weiter, Schatz!" Die Fülle ihrer Empfindungen wurde zum goldenen Handlungsziel der ganzen Welt. Und ihr Orgasmus explodierte mit einer solchen Macht, dass er wie ein laut knallendes Feuerwerk tausendfältig in ihr niederrieselte.

Vorgestützt auf seinen Nacken erholte sie sich. Sie streichelte über seine Schulter, seinen Hals, befreite ihn vom Shirt und sich selber vom Büstenhalter. Dann säuselte sie: „Wie du mir, so ich dir. Ich setz mich hin, du stehst."

Beim Wechsel aber befragte sie den Ausdruck seiner Augen, weil Rob sich so still verhielt. Sie konnte darin etwas halb Konzentriertes, halb Verschmitztes sehen, was sie als gutes Zeichen wertete. Wie sollte es anders sein, wenn er dabei mit seinen Händen ihre knapp mittelgroßen und appetitlich gerundeten Brüste befühlte?

Ebenso schön war es, dass sein Glied wie ein Ausrufezeichen stand, als Vanessa es sitzend an der Polsterkante nach dem Aufschnallen des Gürtels zum Vorschein gebracht hatte. Indem sie Rob zwischen ihre offenen Knie treten ließ, umschloss sie es mit ihrem Mund. Sowie er keuchte, war dies auch eine prickelnde Bestätigung für sie als sexuelles Geschöpf. Das Lutschen über seine geschwollene Eichel nährte aufs neue ihren Lustpegel so sehr, dass sich der Rhythmus in teilender Linie auf ihre Schamlippen übertrug.

„Komm, Vanessa, tummeln wir uns rüber ins Bett. Ich will dich –" „– ficken, ja, ich auch. Aber machen wir es gleich auf der Couch."

Sie rutschte längs an die obere Seitenlehne, wo sie sich Kissen in den Rücken stopfte, und platzierte ein Bein abgespreizt auf dem Tisch. Auf diese Weise lag sie schräg, so dass bei erst recht nach oben gedrücktem Bauch sein eindringender Schaft empfindlich ihre Knospe traf. Verliebt bot sie Rob ihren Mund, während er sie schliff und schliff. Sie spürte, dass er leicht angestrengt auf sie wartete. Deshalb umschlang sie ihn mit ihren Armen und wiegte ihm unter einem angehaltenen Kuss ihre Lenden entgegen, bevor endlich der Deichbruch sie noch einmal mit sich riss. Erschöpft fühlte sie die Verschmelzung mit seinem warmweißlichen Saft.

Als der Wecker schrillte, reckte sich Vanessa alleine im beidseitig zerwühlten Bett. Rob hatte sich von ihrer Wohnung aus sehr früh zur S-Bahn begeben, um Zeitungen auszutragen.

„Mist … arbeiten", setzte sie ihre Zehen auf den Boden. Weder hatte sie hierzu Lust noch den geringsten Hunger auf ein Frühstück. Müde, wie sie noch war, tapste sie in die Küche und ließ sich einen Cappuccino aus der Maschine. Genau hier hatte Rob seine Telefonnummer hingelegt. Während sie trank, breitete sich die

Erinnerung an den gestrigen Tag mit lächelnden Flügeln auf ihrem Gesicht aus.

Gleichzeitig kam wie ein leichter Erdrutsch Bewegung in ihren Unterleib, und sie ging zur Toilette. Spätestens hiernach sah ihr Bauch wieder ganz flach aus, und obwohl es Vanessa vor sich selber ein bisschen peinlich war, hatte sie den Moment der Entleerung als sehr angenehm empfunden. Irgendwie überkam sie unter der Dusche ein märchenhaftes Körpergefühl.

Ihr Arbeitsplatz befand sich in einer psychosomatischen Kurklinik, wo sie in den vergangenen Wochen von einer Kollegin vertreten wurde. Als Vanessa in einer kurzärmligen weißen Bluse zum Personalraum schritt, musste sie wieder an Robs Gefängniszeit denken. Dabei wurde sie vom Physiotherapeut, den Krankenschwestern, einem Psychologen und selbst vom kaufmännischen Leiter herzlich begrüßt. Die Chefärztin – eine hochgewachsene Frau von erst 39 Jahren, sehr professionell und seriös, aber nicht ganz humorlos – plauderte sogar noch im Gang mit ihr:

„Stellen Sie sich einmal vor, was für eine Blamage das für uns gewesen wäre, wenn Sie dort im Fernsehen aus Herzenslust gejubelt hätten."

„Blamage … wenn ich gejubelt hätte?"

„Na, dann wäre uns doch vielleicht an 'ne ephemere Sache dauerhaft eine Kollegin verlorengegangen, die sich wie keine zweite auf die Ernährung versteht. Bis später."

Vanessa betrat ihr Büro: ein helles Regal mit einigen wenigen Büchern, zwei Stühle an einem Tischchen, Grünpflanzen, ein Fenster und der Schreibtisch mit einem Bild von ihrem Ex-Freund, das sie sofort in den Mülleimer schmiss. Dann ließ sie sich in den Sessel plumpsen.

Statt sich gegenseitig immer kontrollierend im Auge zu behalten, was die Fehlerhaftigkeit bei der eigentlichen Arbeit nur erhöhe, setzte diese Klinik auf Vertrauen. Vanessa schaltete den Computer an und tippte die Namen der zwei Filme ein, die Rob ihr verraten hatte. Soweit sie auf die Schnelle sehen konnte, waren es tragikomische multinationale Produktionen, womit sich grundsätzlich die Deutschen ein wenig schwertaten, dessen ungeachtet actionreiche Elemente nicht fehlten. Die forsche Diätassistentin war so fasziniert, dass ihre Wimperchen fast den Bildschirm bürsteten. In einem der Filme spielte er einen verrückten Nautiker …

Ein Klopfen an der Tür ließ sie die Szenen wegklicken, aufstehen und öffnen. Vor ihr stand eine knochige Frau in zu großer trister Kleidung mit einem leicht aufgequollenen und doch im Grunde hübschen Gesicht, das zu alt für ihre Jugendlichkeit wirkte. Vanessa hatte die Tendenz, fest die Hand zu geben, passte den Druck aber ihrem Gegenüber an, und in diesem Fall war es nur ein flaches Antasten mit einem „Guten Morgen" ohne direkten Blickkontakt.

„Guten Morgen", erwiderte sie der Patientin lächelnd, „sicher stehen Sie in meinem Terminkalender für eine Ernährungsberatung?"

„Ja, ich wurde hergeschickt."

„Setzen wir uns doch", deutete Vanessa mit offener

Hand auf die zwei Stühle am kleinen Tisch und nahm sich Füllfederhalter samt Papier.

Sie erkannte sofort, dass in diesem Fall die Ernährungsberatung nicht viel bringen würde. Was dieses ramponierte Mädchen brauchte, das waren Liebe, Sicherheit, das Gefühl, Raum einnehmen zu dürfen; sie war gegenüber sich selber verhärtet. Theoretisch konnten die Menschen nach Vanessas Erfahrung alles Mögliche wissen und sich praktisch doch in eine ganz andere Richtung treiben lassen.

Sie redete vorläufig mit ihr darüber, wie es ihr in der Klinik gefalle, aber auch, dass sie selber sich nach einem Urlaub wieder ein bisschen eingewöhnen müsse, und wie ihr das Essen hier zusage? Erst daraufhin erklärte die Patientin: „Es ist, als könnte ich mich nicht ganz entscheiden, ob ich magersüchtig oder bulimisch sein will. Oder muss. Es schwankt periodisch."

„Wie ist es zurzeit?"

„Zurzeit kotze ich eher. Aber die anorektischen Phasen überwiegen deutlich in meinem Leben."

Obwohl Vanessa nicht für die Psychotherapie zuständig war, hatte sie das Bedürfnis zu erklären, wie wichtig es sei, selbst eine zu große und im Affekt gegessene Portion in sich zu behalten. „Das ändert nichts an Ihrer Liebenswürdigkeit als Mensch." Als die Patientin hustend auf die Tischplatte starrte, fuhr Vanessa fort: „Würden Sie mir sagen, was Sie in den anorektischen Phasen so zu sich nehmen?"

„Manchmal nur zwei Äpfel und einen Löffel Nutella

am Tag. Um den Hunger stärker unterdrücken zu können, rauche ich", offenbarte ebenjene mit eigentümlich teilnahmsloser Stimme.

Das Team hatte im Personalraum über diese Patientin gesprochen. Der Motor ihres Körpers, ihr Herz, tuckerte mehr schlecht als recht, was bei dieser miserablen Treibstoffversorgung nicht zu wundern brauchte. Zu rauchen, einfach nur um den Hunger zu unterdrücken, ist auch nicht der schönste Grund, dachte Vanessa. Manchmal diente ihr selber eine Zigarette gewissermaßen fürs Gegenteil: Wenn sie nicht gestehen wollte, dass sie unter Blähungen litt, entschuldigte sie sich damit auf den Balkon.

Schließlich schrieb sie zusammen mit der zwangskranken Frau einen Ernährungsplan. „Damit kommen Sie auf 2000 Kalorien täglich, aber auch ein paar Hundert mehr wären für Sie in Ordnung." Vanessas Ansicht nach wurden viele Magersüchtige selbst von Psychiatern und vielleicht noch mehr von Psychiaterinnen dadurch überfordert, dass sie am besten gleich Semmelknödel mit Fleischsoße aus der Gemeinschaftskantine essen sollten.

„Fett ist nicht gleich Fett", erklärte sie und empfahl mit warmer klarer Stimme: „Versuchen Sie's mal mit Avocado als Brotaufstrich, wenn Sie wieder zu Hause sind."

„Avocado als Aufstrich?"

„Ja, wem gibt so ein langweiliges Käsebrot schon ein gutes Gefühl? Zerdrücken Sie die Avocado mit der Gabel – die Frucht muss natürlich reif sein –, träufeln Sie

Zitrone dazu, einfach Petersilie reinstreuen, Salz, Pfeffer und Knoblauch. Den Knoblauch können Sie auch weglassen, aber ich finde, er verleiht dem Ganzen erst die würzige angstfreie Note."

„Danke", lächelte halb die Tristgekleidete und nahm das gefaltete Blatt entgegen. „Tschüss."

Sowie sie sich verabschiedet hatte, öffnete Vanessa das Fenster und rauchte in schnellen Genusszügen eine Zigarette. Dann verließ auch sie selber für zwei, drei Minuten das Büro, um sich am großen Automat im Gang schon wieder einen Cappuccino schwippen zu lassen. Ob sie das Mittagessen lieber beim Italiener oder Asiaten bestellen sollte? Vorerst schlawenzelte sie mit dem bräunlichen Becher in der Hand zurück in ihr Büro und beschloss, vor dem nächsten Termin kurz Rob anzurufen.

An seiner Stimme glaubte sie zu hören, dass er sich nochmals hingelegt hatte. Sie wollte sich entschuldigen, doch er fühlte sich angeblich nun ausgeschlafen. Daraufhin verabredeten sie sich mit Vorfreude zum Abendessen.

Umgezogen in einem kurzen schwarzen Kleid mit einem prallen Beutelchen auf dem Beifahrersitz, weil sie danach vielleicht bei Rob schlafen wollte, peilte sie die ausgemachte Adresse nahe dem Hafen an. Und parkte vor einer olivgrauen Fabrik oder Halle, deren untere Etage leerstehend im golden dämmern Sonnenlicht ihr entgegengähnte. Wollte er sie auf leicht abenteuerliche Weise veräppeln?

Gerade als sie ausstieg, kam Rob die Außentreppe hinab: „Ich bin heute der Koch. Ich wohne oben. Schön rote Lippen hast du, und überhaupt", küsste er sie, was sie trotz ihrer verhaltenen Konsternation intensiv erwiderte.

„Lecker, was du alles kannst", trug ihr die Brise einen kulinarischen Geruch von der offenstehenden Tür zu. Knabbernd ließ er von ihr ab: „Ich muss umrühren", und sie begleitete ihn die Treppe hinauf.

„So sieht also ein Loft aus", sagte sie drinnen.

„Ein Loch? Hast du gesagt: ‚So sieht ein Loch aus'?"

„Nein, komm", gluckste sie, „du hast mich schon verstanden? Hier kann man ja Rock 'n' Roll tanzen, Funky Chicken, Lazy Cowgirl, alles nur Erdenkliche."

Dicht gesät waren die Möbel nicht, aber auch keineswegs ramschig. Außer einem Tisch, gepolsterten Stühlen und Schränken stand da einfach ein sehr niedriges breitflächiges Bett in großer Entfernung vor einem Fernseher. Robs Rücken und Beine verdeckten teilweise den Herd. Unterhalb der hohen Decke verlief längs ein metall- bis kalkfarbenes Rohr. Die Wände zeigten sich Vanessa kahl, und wie ihr Blick schnell abtastete, war sozusagen der einzige Raum im Raum das Bad, am augenfälligsten jedoch in der Ecke ein Schlagzeug.

„Du spielst noch?"

„Ja, ab und zu, für mich. Hier stört's niemanden. Es gibt übrigens Chili con Carne", stellte er zu den Tellern auf dem Tisch den rotbräunlich gefüllten Wok, in dem heiße Maiskörnchen blinkten.

„Wie viele Miezen erwartest du denn noch? Oder hältst du mich für ein kleines Mastschweinchen?", fragte Vanessa und stellte mit gespielter Entrüstung fest: „Du lachst. Wer lacht, bejaht."

Er schüttelte lediglich vorm Hinsetzen ein Päckchen in seiner Hand: „Ich hab für meine hungrige Mieze, die eine und einzige, extra Cappuccino-Instantpulver gekauft."

Beim Essen erkundigte er sich zwar prosaisch, aber ungeheuchelt, wie ihr Tag gewesen sei. Mit leichtem Höhenflug erzählte Vanessa von den angeschauten Filmausschnitten. Doch seine uneitle Reaktion fing sie im Fortgang des Themas ab. „Jedenfalls würde ich einmal gerne", träumte sie, „mit dir nach unkonventioneller Manier durch die Länder und Küchen der Welt reisen."

Noch bei Tisch reckte sie mit blanken Achseln ihr dunkles Kleid über den Kopf und atmete dann in ihren Bauch, um zu sehen, wie weit sie ihn noch blähen konnte. Insgesamt erfreute sich Vanessa an zweieinhalb Tellern voll.

Als Rob den Cappuccino anrührte, ließ eine schmachtende Wollust sie ebenfalls aufstehen. Langsam wie in einem Strudel aus Honig streckte sie ihm die Zunge in den Mund, ehe sie mit einem Mal ungezügelt aufstoßen musste.

„Ups!", wich sie zurück und legte ihre Hand mit dem ganz leicht abgespreizten kleinen Finger auf die Lippen, „bitte entschuldige."

„Ich hab doch dasselbe gegessen wie du", zog er sie

mit einem Arm so bedingungslos wieder zu sich heran, dass sie ins Hohlkreuz geriet und aus der Tiefe unwillkürlich noch einmal in seinen Körper hinein aufstieß. Sie fühlte sich abgöttisch geliebt.

Infolgedessen fragte sich Vanessa, wie sie überhaupt jemals an etwas anderem als dem Körperlichen und der rein sinnlichen Existenz hatte Interesse aufbringen können. Hingeschmiegt an ihren eroberten Außenseiter lag sie auf dem Bett und schnurrte: „Du musst es mir trotzdem ausdrücklich erlauben."

„Was erlauben?"

„Dass es in Ordnung ist, wenn ich vollgestopft und feucht ein perfektes Glück empfinde."

„Ob es sich perfekt nennen kann, weiß ich nicht, aber warum sollte ich kein Verständnis dafür haben? Schon allein deine Fähigkeit dazu finde ich bewundernswert."

Vanessa schlief nun öfters bei Rob. Sonntagmorgens, wenn sie sich noch träge im Bett räkelte, machte er Sit-up's. Selber war sie Mitglied in einem Frauen-Fitness-Studio, das sie seit einem Monat nicht mehr besucht hatte. Sein Anblick kitzelte sie durchaus, nach ihrem Geschmack aber nicht genug, weil ihr Bauch schon wieder flach oder beinahe flach war. „Kannst du das nicht auch mal abends machen, wenn ich pappvoll bin? Damit ich dir zusehen kann wie die verweichlichte Prinzessin dem kargen Helden?"

„Jetzt scheinst du dich zu unterschätzen", krümmte er sich hoch, „und mich überbewertest du." Trotzdem erfüllte er ihr den Wunsch.

Unter der Woche nötigte Vanessa nur der finanzielle Anreiz in ihr Büro. Sie stieg so spät wie möglich auf, denn das Frühstück ließ sie bis auf ihr unverzichtbares Getränk sowieso ausfallen. Statt in der Mittagspause allerdings einen Spaziergang zu machen, unterhielt sie sich über die Webcam mit Rob.

„Weißt du", klemmte sie mit Stäbchen aus einem großen Schächtelchen heraus gebratene Nudeln in ihren Mund, „die Arbeit ödet mich an. Es tut mir wirklich leid, und ich mache mir auch etwas Selbstvorwürfe, aber ich mag mich einfach nicht mehr für die Probleme von irgendwelchen Mitmenschen interessieren. Nicht mal mit meiner Familie, Freundinnen oder Bekannten will ich mich noch treffen. Was sagst du dazu? Ich habe den Eindruck, du förderst meine Eigenschaften ganz unerhört." Sie flößte sich Limonade ein, beugte sich nach vorne zum Schreibtisch und notierte die Kalorien.

Durch den Computer bemerkte Robs bewegtes Bild: „Du siehst auf jeden Fall sehr gut aus, noch schärfer als zuvor."

„Danke", kratzte sie die Schachtel leer und lehnte sich wieder nach hinten in den Sessel.

Als sie diesmal die Hosenknöpfe löste, suchte sie vor allem Platz, um für ihren persönlichen Zuschauer und sich selber die nagelgepflegte Hand zu ihrem Schlitz zu führen. Früher war trotz empfundenem Trieb manchmal ihre Reizempfänglichkeit kühl oder lau geblieben, doch seitdem Rob sie in Schwingung versetzt hatte, ertastete Vanessa dort grundsätzlich warm erklingende Gefühle.

Bestätigend hörte sie ihn sagen: „Sehr, sehr scharf siehst du sogar aus …" Sie rieb und kreiselte ihre Finger nektarklebrig, wobei sie ihm unter anschwiemelnder Spannung zublinzelte. Plötzlich klopfte es.

Sie kappte linkshändig die Leitung, schmierte ihre Rechte an einer Serviette ab – „Moment, bitte"–, knöpfte aufstehend ihre Hose wieder zu und ging zur Tür. Indem sie ihr ganzes Wesen straffte, drückte sie die Klinke herunter und erblickte das besonnene Gesicht der Chefärztin, das sie in diesem Moment an eine Büste aus dem Berliner Pergamon Museum erinnerte.

„Entschuldigen Sie die Störung, haben Sie noch Mittagspause gemacht? Riecht gut. Ich wollte Sie nur fragen, ob Sie einen überreizten jungen Mann zwischenrein nehmen könnten?" Rätselnd schaute auf diese Worte hin Vanessa sie an: Sie kann nicht meinen, was ich gerade denke. „Er will die Klinik ganz kurzfristig wieder verlassen", erklärte die Medizinerin, „nur findet er sich leider mit seiner Nahrungsmittelallergie nicht zurecht."

„Ach so. Bei mir ist's in letzter Zeit zwar ein bisschen enger geworden, lässt sich aber machen. Geritzt."

Als Vanessa sich abends nach einem Drei-Gänge-Menü voll Rotweinsoße zusammen mit Rob in sein Loft bequemte, hing dort auf einem Stuhl ein Exemplar der Zeitung. Manchmal trug er sie nicht nur aus, sondern las sogar darin. Ein Terroranschlag, bei dem freiheitsliebende Menschen in einem Restaurant von Bomben zerfetzt wurden, schaute ihr entgegen. „O nein, mmhr", legte sie eine Hand von Übelkeit erfasst auf ihren Bauch, „wenn ich mir vorstelle ... Ehrlich, warum musst du dich gerade dafür interessieren? Wirf das weg, Schatz. – Danke."

Vorm Schlafengehen faltete Vanessa sitzend an der niedrigen Bettkante ihre Hände. Weil sie dabei nur ihre hüftbreit gestellten Zehenspitzen am Boden ruhen hatte, ragten ihre Knie und Schenkel umso höher. Rob, der sich mit freiem Oberkörper leise vor sie hinstellte, sah dazwischen ihr Höschen mit den leicht gepressten Schamlippen.

„Betest du?"

Sie blickte auf: „Ist das verwerflich?"

Er schüttelte interessiert den Kopf und setzte sich Haut an Haut zu ihr. „Verrätst du mir deine Wünsche und Sorgen?"

„Ich", hob Vanessa eine Schulter, „bete für meine Laster." Wie sie es halb vorausgesehen hatte, vergewisserte er sich gleich: „*Für* deine Laster, nicht um Hilfe dagegen?"

„Nein, ich bin glücklich, und die anderen können's meinetwegen auch sein. Mir geht's nur darum, dass mir nicht zum Beispiel mein leicht erhöhter Cholesterinspiegel alles versaut. Ich bitte Gott – falls er denn irgendwo da oben sitzt, steht, geht oder rumliegt – um seinen Segen für meine Völlerei, Eitelkeit, Trägheit und die ganze Lust. Ich will nur, dass er mir die Spreu vom Weizen trennt, meine natürliche Sinnlichkeit jetzt und für alle Zeiten vor negativen Konsequenzen schützt."

Rob lachte. „Solltest du in dem Fall deine Gebete

nicht lieber an den Teufel richten?", spöttelte er. Doch auf einmal flog ein nachdenklicher Schatten über sein Gesicht: „Du hast recht. Diese frommen Extremisten aus der entsorgten Zeitung, die haben sich in Wahrheit für brutale Perversion, Bosheit und Negativität entschieden. Wende du dich ruhig dem Licht und Meer zu, Vanessa."

Am darauffolgenden Tag drosch er kunstgerecht auf sein Schlagzeug ein. Die lebensbejahende Brünette konnte ihren forschenden Blick nicht abwenden, gerade weil Rob sie ihrer Einschätzung nach dabei gar nicht wahrnahm. Gespanntes Schlagfell und Becken dienten scheinbar allein dem Zweck, sich abzureagieren. Sie fragte sich, was er bloß immer dachte, wenn er so still war.

Im Büro fühlte sich Vanessa um 14 Uhr meistens müde wie eine Zookatze nach einem schweren Imbiss. Wiederholt äugte sie zum Zeiger an der Wand, der mitleidlos langsam seine Runden drehte. Vor ihr saß sehr aufrecht eine mollige Frau, die mit ihrer dezenten Schminke und frisch wirkenden Tunika Geschmack bewies. Sie führten das Gespräch am Schreibtisch.

„Das Fatale ist", erklärte die Patientin, „dass ich so durcheinanderschlemme. Besonders nach dem Abendessen, wenn ich eigentlich satt und gemütlich vorm Fernseher sitze, überfällt mich die Lust auf Süßes, Chips, Erdbeershakes und das ganze andere ungesunde Zeug, das ich Ihnen gebeichtet habe. Dann wanke ich ins Bett und denke jedes Mal: Ach du dickes Ei, da hab ich mir vielleicht wieder 'ne Menge Lebensqualität gegönnt! So kann's nicht weitergehen. Morgen muss ich wenigstens das Frühstück ausfallen lassen."

Vanessa räusperte sich. So weit wird's bei mir nicht kommen, schwor sie sich selber, bevor sie riet: „Versuchen Sie an irgendeiner Stelle den Kreis zu durchbrechen. Fangen Sie bei der Wahl des Fernsehprogramms daheim mit der Änderung Ihrer Gewohnheiten an. Datteln wären eine Alternative zu konventionellen Süßigkeiten, schwach gezuckerter Früchtetee zu den ganzen Cappuccinos und Softdrinks. Peilen Sie fünf, vielleicht sogar sechs kleine Mahlzeiten täglich an."

„Fünf Mahlzeiten? Wenn ich schon zwei- bis dreimal oder wie oft genau auch immer am Tag zu viel esse, dann mit Sicherheit doch fünfmal!"

Im Grunde genommen ist diese schicke Pummel-Lise ja ganz erheiternd, schwand innerlich zwar Vanessas Mattigkeit, aber nach wie vor drückte ihr selber ein bisschen der Hosenbund. Sie fühlte sich nun eher gereizt und hatte entgegen allem Lehrwissen das Bedürfnis, von oben herab zu reagieren. „Das hängt auch von Ihrer Einstellung ab. Sagen Sie sich ab heute: Wie schön, in zweieinhalb Stunden bekomme ich schon wieder was zum Beißen, und damit es mir noch besser schmeckt, brauche ich mir jetzt nicht länger die Wampe vollzuhauen. Seien Sie dankbar und denken Sie auch mal an die armen hungernden Kinder in Afrika", beendete Vanessa das Gespräch.

Erstaunlicherweise froren der molligen Dame ihre Gesichtszüge nicht ganz ein: Sie schien es sich tatsächlich zu überlegen. Als aber Vanessa aufstand und sie zur Tür geleiten wollte, stolperte sie selber beinahe über ihre drei verschlossenen Becher Cappuccino, die sie hinter ihrem Schreibtisch deponiert hatte.

Abends, halbnackt in den Kissen ihrer Wohnung gegen Rob gelehnt, erzählte sie ihm den ganzen Fall. „Und ich hab auch noch die Erhabene gegeben und mich richtig in Selbstgefälligkeit gesuhlt." Er schien leicht zu kichern. Von hinten streichelte er mit der einen Hand über die seidig weichen Innenseiten ihrer Schenkel, woraufhin er zwischen Daumen und Mittelfinger der anderen ein dünn angesetztes Speckröllchen an ihrem Bauch liebkoste. „Meine schöne, makelhafte, vollgefressene Göttin!"

Geil fasziniert öffneten sich ihre Beine noch mehr. „Sag das noch mal." Sie schloss die Augen, um jedes einzelne Wort zutiefst auszukosten.

„Meine schöne, makelhafte, vollgefressene Göttin!"

Sie zerschmolz förmlich an seiner Brust in ihrem Rücken, während seine Finger unter den feinen Stoff ihres Höschens schlüpften. Wenn es auch zeitweise auf- und abwogte, so hatte Vanessa doch nie ein unbedenklicheres Gefühl der Sicherheit genossen.

An einem sehr sonnigen Tag schlenderte sie an Robs Seite mit einem Stracciatella-Eis beim Rathausplatz entlang. Schräg schleckte sie von der noch knusprigen Waffelkrempe die angetaute Sahne und ließ ungezwungen an ihrem ausgestreckten anderen Arm eine Zigarette qualmen, als sie ein geräumiges Auto von der Caritas erblickte.

„Komm, wir verdünnisieren uns da rüber."

„Warum?" Rob schaute zu dem Lieferwagen, in den ein angegrauter Mann einige Kisten Obst und Gemüse mit unkorrektem Rundrücken hob. Er war schlank bis auf einen Bauchansatz unter seinem kurzärmligen Hemd und hatte ein sanft-lebhaftes Gesicht.

„Ah, Vanessa!"

„Mein Stiefvater", seufzte sie und ließ im Gehen den Mentholstängel aufs Pflaster fallen, „wir müssen ihm guten Tag sagen. – Hallo, Papa!"

„Wenigstens weiß ich jetzt, warum du es nicht mehr für das Wichtigste hältst, dich zu melden", schaute er von ihr zu ihrem Begleiter, um diesem die Hand zu schütteln, blinzelte aber verdutzt: „Ich glaube, der ganze Grapefruitsaft lässt mich Gesichter und bald 'nen brennenden Dornbusch sehen. Sind Sie nicht Robbie Robardo aus dem Film ‚Bescheuert wie ein roter Ball im Wasser', und wie hieß der andere noch gleich? ‚Zehn Frauenschläge rühren auch den Mann'!"

„Ja, der bin ich wohl."

Der Stiefvater klatschte begeistert in die Hände, bevor er noch mal Vanessa anblickte: „Und das ist dein neuer Freund?"

„Das ist mein neuer Freund, ja."

„Na, wenn wir da nicht wieder denselben Fall haben wie damals mit der Schokolade, die du vor allen verstecken wolltest", hob er (allerdings nicht mal bis auf Brusthöhe) seinen Zeigefinger. Wie in einer Eingebung kramte er daraufhin halb im Caritas-Auto verschwunden nach irgendetwas, und Vanessa verdrehte gegenüber Rob entschuldigend die Augen.

„Von Selfies halten wir nix", reichte ihm der Stiefvater einen schwarzen Filzstift, drehte sich um und zeigte mit verrenktem Arm auf das verschwitzte Hemd an seinem Rücken: „Ein altmodisches Autogramm, bitte!"

„O wirklich, Papa, nun übertreib's nicht. Mir läuft schon mein ganzes Eis wie Klebesoße über die Hand", wollte Vanessa ungestört schlemmen.

Doch Rob kam dem Wunsch bereits nach, wobei nur wenige Leute die Szene beobachteten.

Freudig drehte sich der Stiefvater ihm wieder zu, nahm dankend den Filzstift zurück und fragte dann empathisch: „Wie haben Sie sich denn von der Sache erholt? Sie waren oder sind doch unschuldig?" Noch beim letzten Wort schaute er sorgetragend Vanessa an, die dafür auffauchte: „Natürlich ist er das."

„Wie gedacht, natürlich, und drehen Sie wieder?"

„Davon bin ich geheilt."

„Da gehört Ihnen mein vollstes Verständnis. Ich hab zu Vanessa immer gesagt: Nur weil der Ruhm glänzt und blendet, meinen alle, er macht glücklich. Gut siehst du übrigens aus, Vanessa."

„Jaja, danke." Sie spürte auf ihre geduldlose Erwiderung hin seitlich den toleranten Blick von Rob, bevor ihr Stiefvater auch noch anbieten musste: „Darf ich euch zum Essen einladen? Dann kann er unsere ganze heimelig bunte Familie kennenlernen."

„Irgendwann. Er gehört ganz mir, komm, Rob. Jetzt

muss ich mein Eis trinken", winkte sie aus unferner Distanz ihrem Stiefvater. „Wir melden uns."

Um das Leben noch kurzweiliger zu gestalten, hatte sich Vanessa einen Ohmibod-Vibrator bestellt – ein schickes kleines in das Geschlechtsorgan einsetzbares Stimulationsgerät, das Frauen auch unter ihrer Kleidung tragen konnten. Heute hatte sie einen Rock im Büro an und erklärte nochmals Rob vor der Webcam: „Es lässt sich über die Software fernsteuern, die ich auf deinem Computer installiert habe, und versetzt den Millionen Nervenzellen in der Vagina elektrische Schwingungen oder Stöße, je nach den verschiedenen Stufen der Einstellung."

„Also, ich weiß wirklich nicht, Vanessa, ob ich mich deiner Person derart bemächtigen will, und dann noch während deiner Arbeitszeit. Hat dir das Masturbieren nicht gereicht?"

„Ich liebe eben das Abenteuerliche. Außerdem ist gerade ein Termin ausgefallen", schob sie sich mit ihrem Drehsessel ein Stückchen vom Schreibtisch weg und stülpte ihren Rock nach oben, so dass sich durch ihren Spitzenschlüpfer der Ohmibod erahnen ließ: „Willst du, dass ich glücklich bin?"

„Ja."

„Dann drück."

Ein anregendes Kribbeln begann durch ihr Inneres zu säuseln. „Das fühlt sich schön an. So lass ich mir das Arbeiten gefallen. Mach höher. – Ahh", steigerte sich das Kribbeln zu einem stetig pochenden Ergötzen, das einen leichten Beigeschmack von süßlichem Schmerz hatte. „Halte es auf dieser Stufe", schwankten ihre Lider vor Rob im Bildschirm, „und onaniere für mich."

„Ich soll onanieren?"

Sie knöpfte ihre Bluse auf. „Willst du mit ‚soll' andeuten, dass dein Blut hierbei kalt bleibt? Dir zieht es doch bestimmt einen Steifen hoch?"

„Kann man sagen."

„Also", schwirrten ihre Gefühle schon halb im Himmel, „hol dir ganz innig einen runter."

Dadurch lullte sie der Kitzel doppelt ein. „Spritz nur, wenn du sicher bist, dass du mich heute Abend auch noch ficken kannst, Schatz."

„Ich weide mich genug … und habe gelernt zu warten."

„Aber massiere weiter deinen Prachtschwanz ganz nah im Bild. Ich brauche mehr, viel mehr", wand sich Vanessa in ihrem Sessel, „ich komm vor unersättlicher Wonne schier um. Jage die zweithöchste Stufe durch mich hindurch!"

Wie gespalten durch einen Blitzstrahl der Lust stöhnte sie auf. Obwohl ihr anschließend Benommenheit nachhing, konnte sie die Sitzung rechtzeitig beenden.

Am Abend desselben Tages schmauste sie mit Rob in einem provenzalisch gehaltenen Restaurant einen Artischockensalat zu Nudeln mit Kräuterschafskäse und gerösteten Nüssen, ölig gebackenen Auberginen, Zucchini sowie Tomaten. Spöttelnd fragte er: „Willst du nicht noch eine kleine Buttercremetorte?" Doch Vanessa antwortete unironisch: „Wenn wir aufstehen, will ich wenigstens noch halbwegs den Bauch einziehen können, was mir jetzt schon schwerfällt. In deinem Kühlschrank liegen dank mir Tiramisu, Cracker und lieblicher Weißwein. Ich schlage also vor, wir bezahlen und ich fröne dem Nachtisch bei dir zu Hause."

Dort bekleckerte sie sich gleich beim Öffnen der Flasche und beschloss, morgen eine schon vor vier Wochen bei Rob deponierte Hose anzuziehen. In Wahrheit hatte sich Vanessa noch nie gut auf Alkohol verstanden und trank nur selten, weshalb sie ihn auch nicht gut verkraftete. Sie fand es lediglich sexy, nackt im Bett als Frau mit prall gefülltem Bäuchlein den schlanken Stiel eines Weinglases zu halten. Nebenbei rechnete sie im Schummrigen mit krickelndem Stift irgendwas von 3800 Kalorien zusammen, worauf sie den Zettel mit einem „Pff" zerknüllte.

Rob streichelte und knuffte sie: „Schau dir nur deine hübsch aufgefetteten Tittchen an." Erst vorgestern hatte er ihr nochmals gesagt, dass er weder sehr magere noch sehr üppige, sondern weich und biegsam schlanke Frauen mit aufrechtem Charakter mochte. Lächelnd tunkte Vanessa den silbernen Löffel ein weiteres Mal in die schwere Mascarponezubereitung.

„Ich bin so vollgestopft", pausierte sie allerdings, „sooo, sooo vollgestopft." Sie sah Rob den Löffel ihr wegnehmen und zurück in das Behältnis stecken. Dafür ließ er sie zärtlich seine kreiselnde Zungenspitze schmecken.

Sie spürte seinen drängenden Schwengel und seufzte bedauernd: „Nun hab ich mich doch so schwachgeschlemmt, dass ich mich kaum noch bewegen kann. Aber deine Liebessahne, so viel sich auch angestaut haben mag, die ist bestimmt hundertmal leichter als diese Creme. Warum gönnst du nicht sie meiner Zunge?"

Dementsprechend legte sie sich auf einen Ellbogen gestützt zur Seite, wo nunmehr Rob im Bett kniend sein hart geschwollenes Glied vor ihren Mund hielt. Es machte ihr Vergnügen, zwar ihre vernaschte Zunge lockend hervorzustrecken, aber nur mit den Fingerspitzen ganz langsam seine Eichel zu umgarnen. Weil klarschimmernde Lusttropfen heraustraten, gelang es besonders geschmeidig. Mit der Hand ihres aufgestützten Arms berührte sie währenddessen seinen kräftigen, straffen Oberschenkel. Nicht nur nahm sie sein Keuchen voll mitfühlender Genugtuung wahr, sondern auch das Zucken in seinem Unterkörper, und schon empfing sie die warmen Wellen zerlassener Sinnlichkeit. Moussierend ließ sie alles ihren Hals hinabgleiten.

Obwohl ihr Rob am nächsten Morgen den Wecker stellte, nachdem er fürs Zeitungaustragen aufgestanden war, erschien Vanessa erheblich verspätet in der Klinik. Sie hatte gleich zwei verstimmte Patienten versäumt, und doch verschnaufte sie erst mal am Cappuccino-Automaten im Gang.

Während sie auf ihren volllaufenden Becher wartete, musterte unbemerkt die Chefärztin sie dabei, wie sie den Stoff an ihren Innenschenkeln zupfte, wo die eng geschnittene Hose unbequem spannte. Mit gerade gehaltenem Kinn kam ebenjene näher.

„Guten Morgen."

Vanessa schreckte reumütig zusammen. „Guten Morgen. Ich bin zu spät."

Die ranke Medizinerin schaute sie lange an, ehe sie weitersprach: „Wissen Sie, eines der Themen heute im Personalraum waren Beschwerden. Geht es Ihnen nicht gut? Haben Sie Probleme?"

Nun aber zickte Vanessa mit ihrem Stolz jedes mögliche Verständnis zugrunde: „Doch. Mir geht es sogar ‚zu gut', wie man so schön sagt."

„Ich werde das auch unserem kaufmännischen Chef übermitteln müssen. Reißen Sie sich schleunigst zusammen", entfernte die Ärztin sich.

Vanessa eilte in ihr Büro, kehrte noch mal zurück, weil sie den Becher vergessen hatte, und machte sich an die Arbeit. So sehr sie sich zurecht kritisiert fühlte, so sehr versuchte sie innerlich sich ihre Freiheit zu beweisen und wiederum über die Kritik zu stellen. Sie sehnte sich von Herzen nach dem kommenden verlängerten Wochenende, um alles verdrängen zu können.

An diesen drei Tagen, die sie gemütlich eingenistet bei Rob verbrachte, warf sie die Zügel völlig von sich. Sie aß marinierte Barbecue-Spieße, kräutersalzige Kartoffelspalten, Maiskolben mit Mayonnaise-Dip, Croissants, kühlender Kirsch-Vanille-Pudding, pikantes Soufflé, Kokoscremesuppe, deftige Lasagne, scharfes Rahm-Gemüsecurry, vollmundige Burritos, knoblauchsoßige Döner und dicke saftige Scheiben kross gebratener Rollschinken. Rob schüttelte den Kopf.

„Der Bauch ist die nervlich-spirituelle Mitte des Menschen", nahm's Vanessa wegen ihrem schnellen Stoffwechsel leicht, „unser Stamm und unsere Wurzel in Einem. Ich versuche lediglich, mich zu erden."

Unleugbar glänzte ihr braunes Haar durch die Überernährung noch schöner und voller. Obwohl sie am letzten Tag des verlängerten Wochenendes erst um 11 Uhr die Augen aufschlug, war dafür ihr Bauch nimmer flach. „Ich denke, wir sollten noch zwei oder drei Verdauungsstunden warten, bevor wir mit der Farce fortfahren", tätschelte die nonchalante Ernährungsberaterin mehrdeutig die straffe Haut und rollte sich schließlich hoch.

Von 14 bis 19 Uhr aber gehorchte sie ununterbrochen ihrem Gelüst bis zur Schmerzgrenze. Unter Stöhnlauten meinte sie entkleidet und halb aufrecht im Bett lungernd bei Weizensticks zu Gazpacho endlich genug zu haben: „Hilf mir, hilf mir bitte mal hoch, Schatz. Ich bin dermaßen gemästet, als wär ich im achten Monat schwanger. – O uh, danke", ließ sie sich von Rob hochziehen. Gleich darauf stützte sie sich mit beiden ausgestreckten Armen gegen die Wand. Bronzerötlich bis violett beleuchtete durch die breiten Fenster die Abendsonne sie.

„Und? Zieht es dich nun schwer zur Erde?"

„Seeehr schwer." Zugleich rätselte Vanessa, ob sie neben ihrem eitlen Trotz auch noch einen Hang zur Selbsterniedrigung hatte. Denn ungeachtet ihrer augenblicklichen Lahmheit litt sie heftig unter geiler Spannung. „Mir kommt 'ne Idee: Streck mich, indem du mich mit den Armen nach oben fesselst."

Er zögerte: „Das will ich nicht."

„Das weiß ich, dass du mit einem Sadisten nichts gemein hast. Du bist Feminist. Genau darum geht es: dass ich es will. Ich will einfach wie ein großes schmuckes Säulein aushängen."

Also schlug er über das Rohr unterhalb der Decke mit einem Seemannsknoten ein Seil, um einerseits die Stricklänge regulieren zu können und andererseits Vanessa in der Mitte der Großraumwohnung die Handgelenke zusammenzubinden. Gleichzeitig musste er zwischen ihre Füße als Abstandhalter eine knöchelhohe Massivholzleiste von einem halben Meter Breite legen.

„Zieh mich jetzt stramm ... strammer, höher. Ich will mein Gewicht von unten nur noch mit den Zehenspitzen halten dürfen." Prompt bekam sie sinnentrunken den herrischen Gehorsam zu spüren. „Ja-ah", ächzte sie breitbeinig, langgezogen und nach vorne hin ausgebaucht, „noch nie in meinem Leben habe ich mich so nah und schön bis zum Bersten gespannt gefühlt. So reicht's, so ist's bestens."

Ihre offenstehenden Schamlippen glitzerten klatschrosa. Robs Augen tranken animalisch daran, was seine Boxershorts wie unter einer Zeltstange anhob. „Soll ich dich befriedigen, anfassen?"

„Du befriedigst mich bereits. Warte ab", nahm und schenkte Vanessa blindes Vertrauen, „nur habe ich heute noch keine einzige Zigarette geraucht. Steck mir eine in den Mund."

Er zündete eine aus dem Päckchen an und führte sie zwischen die geschwungenen Lippen der Entblößten. Wie unter einem festen feuchten Kuss inhalierte sie. Er hielt den glimmenden Stängel wieder ein Stückchen weg, sie hauchte blaugrauen Nebel aus und verlangte nach mehr.

Das Bewusstsein ihrer schlechten Gewohnheiten peitschte ihre Wollust mächtig auf. Glühend sah sie sich auf einen nie erträumten Höhepunkt ganz ohne Berührung zutreiben. Sie bestand nur noch aus Obszönität und Sex. Mit zitternden Schenkeln über ihren Fußballen und hartnippeliger, immer wieder rauchgefüllter Brust kämpfte sie sich ab. „Gott, ich komm gleich, ich komm, meine süße Fotze brennt!" Vor ihr schaute Rob nun mit freistehendem Sporn gebannt zu.

Die Zipfel der ersten Orgasmuswellen lecken nach ihr. Sie war high und sich ihres Triumphes sicher. Anbrausend riss sogleich die ganze Flut sie mit wildem rotem Schrei hinauf, hinab. Zu guter Letzt erschlaffte sie, so dass die Fesseln an ihren Handgelenken Striemen hinterlassen sollten, und fiel in Ohnmacht.

Sie drehte sich murmelnd im Bett, als sie ein Geräusch wie von einer Fabriktür hörte, und wachte vollends dadurch auf, dass sich Rob im topasfarbenen Tageslicht zu ihr setzte. „Wie viel Uhr ist es? Warum bist du noch da?", blinzelte sie.

„Ich habe mich beeilt. Die Zeitung ist schon ausgetragen."

„*Was?* Warum hast du mir nicht den Wecker gestellt, verdammt! Ich muss zur Arbeit", versuchte Vanessa hochzuschnellen, obwohl sie sehr schnell nicht mehr war, und befahl ihm: „Bring mir meine Jeans und die weiße Bluse aus dem Schrank."

Er bewegte sich ganz gemessen und ruhig in ihrem Sichtfeld. „Mach schon, Mann", ordnete sie ihr Haar. Er streckte ihr die Kleidungsstücke hin: „Wozu? So fürchterlich spät ist es übrigens noch nicht." Die gewählte Bluse war eine 36, wie alle.

Vanessa stand auf und hüpfte sich mühsam in die Jeans hinein, die sie uneinsichtig über ihren Po zerrte, vorerst aber offen ließ. Auspustend setzte sie sich auf einen gepolsterten Stuhl. Dann ließ sie die zarte helle Bluse über ihre Arme rutschen, die trotz weicherer Haut erstaunlich schlank geblieben waren, aber ihre Wampe …
„Scheiße." Die Knöpfe, die sie einen um den anderen mit geschickten Fingern schloss, spannten lächerlich. Im Gesamtbild wirkte sie verwundbarer, leicht verzweifelt und liebreizend.

Sie knöpfte sich wieder auf und fand zwei kleine Streifen gerissener Haut. „Schau dir das an", blickte sie zu Rob, der am Schrank lehnend die Arme verschränkt hatte und salopp erwiderte: „Offenbar haben deine Gebete nicht geholfen."

„Werde nicht gemein, ja? Los, bring mir andere Kleidungsstücke, irgendeines, das größer ausfällt."

Aber es war bei allem dasselbe, auch bei T-Shirts, und vermutlich hätte sie nicht weniger gepresst ausgesehen bei dem ganzen Rest, der noch in ihrem eigenen Schrank hing. Lediglich eine Handvoll Büstenhalter spielte gerade noch mit. Von der letzten Bluse, die sie anprobierte, platzte dagegen reißend der Knopf ab.

„Scheiße, ich hab's übertrieben. Damit muss endgültig Schluss sein. Findest du nicht auch?"

„Doch."

Sie saß noch immer ziemlich bestürzt vor ihm. „Aber was machen wir jetzt? So kann ich unmöglich zur Arbeit gehen." Gleichsam fragend betastete sie einmal mehr ihre Körpermitte: Die äußere Schicht nickte wie Pudding, innen schwieg's fest und verstopft.

„Ich hab's", funkelte Hoffnung auf Vanessas Gesicht, „ich werde mich für heute und morgen krankmelden, erst mal telefonisch, während du für mich jede Menge Entwässerungsdragees und Feigenkonzentrat besorgst. Ich schätze, damit kann ich in 24 Stunden mindestens sieben Kilogramm verlieren."

„Sieben Kilo??", zeigte sich Rob ungläubig.

„Ja, ein einziges Gramm Kohlenhydrate bindet vier Gramm Wasser, ganz zu schweigen von dem vielen Salz, und ein Teil von dem, was wie Fett aussieht, ist schlicht aufgedunsenes Gewebe. Auch wenn ich im Laufe der Woche wieder Flüssigkeit und folglich Gewicht zu mir nehme, so ist mir zumindest im Moment damit Abhilfe geschafft. Vor allem aber pappen allein in meinem Darm vier oder fünf Kilo an … du weißt schon." Sie überlegte nochmals, streckte sich nach ihrer Handtasche aus und gab Rob mehrere Scheine: „Kauf mir bitte trotzdem noch je zwei Blusen in 'ner 38 und auch Hosen, die eine Nummer größer sind als die hier. Du kennst meinen Geschmack."

„Bist du sicher, dass du nicht vielleicht 'ne 40 vertragen könntest?" Das brachte ihm einen ebenso strafenden wie inständig bittenden Blick von ihr ein: „Mach dich auf die Socken und kränk mich nicht, wenn du mich liebst."

Rob konnte es kaum fassen, dass ihr nach enthaltsamen anderthalb Tagen tatsächlich wieder alle kleinen Größen passten, in die sich freilich beim Hinsetzen oder Beugen ein versonnenes Wohlstandsfältchen knautschte. Erst durch das Schwanken zwischen den Extremen wurde Vanessa aufs köstlichste bewusst, wie sich ein wirklich leerer Bauch anfühlte. Sehr erleichtert, wenngleich ein bisschen aufgekratzt hatte sie sich auch ein ärztliches Krankschreiben geholt.

Nach einem stressigen Arbeitstag eine Woche später aber gestand sie Rob bei einer Spinatpizza und einem Glas Traubenschorle: „Mir fällt die Mäßigung ganz schrecklich schwer. Bin ich denn schwach? Es ist, als wäre ich süchtig nach dem Gefühl", zog sie warm mit ihren schönen Zähnen am Käse, „immer randvollgestopft zu sein." Sie sehnte sich nach Verständnis aus seinem Mund, der geschlossen blieb.

Endlich sagte er: „Warum versuchst du es nicht beispielsweise mit gegrillter Hähnchenbrust und ganzen Wassermelonen? Wäre das eine Lösung?"

Sie klatschte in die Hände und lehnte sich über den Tisch, um ihn zu küssen: „Du bist der Beste."

Um ihr Gewicht auch nur zu halten, musste sie unter einer solchen Völlerei sich täglich zwei Kilogramm Beeren (falls sie eher einmal darauf Lust hätte) und anderthalb Dutzend Hähnchenbrust- oder Seelachsfilets einverleiben. Ein Sessel in der Ethikkommission hätte ihr jedenfalls nicht sehr gut gestanden.

Ihr neugeschöpftes Selbstvertrauen erlaubte es Vanessa wieder mit ihrem pink-anthrazitfarbenen und eiförmigen Ohmibod in der Spalte vorm Bürocomputer zu sitzen. „Würde ich ihn jetzt aus meinem Schlüpfer hinausösen", erhitzten sich ihre Wangen vor der Webcam, „dann wäre er wie in Sorbet gestippt."

Rob fragte: „Soll ich noch eine Stufe höher schalten?"

„O ja, bitte, mach einen Schütteldrink aus mir!"

Die schier unerträglichen Freudenströme zerprasselten ihr so sehr den Verstand, dass sie eine Haarsträhne kaute. Schwitzend rutschte sie in ihrem Sessel immer tiefer, als es wieder – klopfte.

Erschreckt, ertappt, verwirrt sprang sie auf, versuchte sich zurechtzuzippeln und öffnete die Tür. „Haben Sie" – die Chefärztin – „fünf Minuten Zeit? Es ist dringend."

„Ähm, ja." Leider hatte Vanessa diesmal nur vergessen, die Verbindung zu beenden, und die Autorität stand schon redend vor ihr im Raum. Den Gedanken, nochmals um den Schreibtisch herum zu gehen und ihren Computer zu bedienen, die Tatwaffe sozusagen, schob sie schnell wieder weg. Aber warum zum Teufel stoppte Rob nicht die elektronischen Impulse, die

von ihrem Delta aus jede Faser ihres Körpers durch-
rührte?

„… und akut hatten sich ihre Depressionen daraufhin
verschlimmert. Wie Sie wissen, ist die Patientin schwere
Diabetikerin." Die Medizinerin unterbrach sich: „Fühlen
Sie sich nicht wohl? Sie erleiden mir doch keinen Kreis-
laufkollaps?"

„Doch, ich meine nein." Diese reizenden Empfindungen zu unterdrücken, das war die reine Folter. Innerlich
schrie sie Rob an: aufhören! „Erzählen Sie ruhig weiter.
Ich hö-öre Ihnen zu", quetschte Vanessa die Beine zusammen, was aber die sinnliche Tortur bloß verschlim-
merte, und stellte sie gleich wieder breiter.

Die Chefärztin sah sie misstrauisch an. „Nun, vor
einer halben Stunde hätte sie sich mit einem Zucker-
schock beinahe umgebracht. Ob absichtlich, das können
wir noch nicht sagen. – Summt hier irgendwas? Kommt
das von Ihrem Computer?"

„Nein, ich …!" Unvermittelt hatte Rob die allerhöchste
Stufe angeschlagen, und aufjuchzend schmiss es Vanessa
wie unter einem orgasmischen Erdbeben erst über den
kleinen Tisch, dann mit krallenden Fingern auch noch
auf die schmalbrüstige Chefärztin.

Sie wurde fristlos gekündigt.

Hatte er die Engländerin vielleicht doch vergewal-
tigt? Zerknirscht hockte Vanessa in seiner Großraumwohnung. „Warum hast du das getan, Rob?"

„Warum ich das getan hab? Um dir zu helfen."

„Spinnst du?"

„Dir war deine Arbeit doch nur lästig. Ich habe dich befreit."

„Ja, aber Melonen das ganze Jahr über sind verflucht noch mal teuer!", rief sie. Er berührte sie sanft: „Vanessa, ich habe noch neun Millionen Euro."

Ihr Gesicht nahm einen völlig verblüfften Ausdruck an. Aufgrund einem unbestimmten Bauchgefühl gab sie ihrem natürlichen Optimismus noch keine freie Bahn, aber er schimmerte schon durch. „Und du verarschst mich auch nicht?"

„Verarscht habe ich dich niemals, nur geschwiegen. Wenn zudem im Hafen eine Segeljacht liegt, die ich für uns gekauft habe, dann lässt sich das kaum per Armut simulieren."

„Juhu-juhu-juhu!", tanzte sie durch die Wohnung und ließ hemmungslos ihre Freude herausbrechen, nur kurz innehaltend: „Wohin fahren wir?"

„Das ist eine Überraschung."

„Wann?"

„Solange noch Sommer ist, gleich morgen."

„Ich muss dich knutschen", ließ sie heranschwirrend ihre Lippen knallen, „und die Austragerei der Zeitung?"

„Das mache ich nicht mehr. Es hat seinen therapeutischen Zweck sowieso nicht erfüllt."

Weg des Sonnenscheins in der Nacht

*U*mwogt von leuchtendem Aquamarinblau gab sich Vanessa nach dem ganzen mageren Grillfleisch, das Rob zubereitet hatte, am hellen Deck sattroten Melonen hin, und der Saft troff ihr durch das Bikini-Oberteil zum Nabel hinab. Grünschalige Viertelstücke stapelten sich ausgebeutet vor ihr auf dem Tisch.

„Ach, ich fühl mich einfach unverschämt gut. Was erwartet mich auf unserer Entdeckungsreise, wenn wir wo auch immer an Land gehen?", fragte sie mit schon wieder herausgebumsten Bauch, aber prüfenden Hintergedanken. Doch Rob räumte nur wortkarg die Teller ab: „Allerhand."

„Na gut", stützte sie sich in die Höhe, zog ihre modischen schwarzen Gläser auf und ließ sich nach drei Schlenkerschritten in der Sonnenliege nieder, „ich mach ein Nickerchen."

Rob kümmerte sich um die Segel. Untermalt von einem gluckernden Verdauungsliedchen schlief sie zwei Stunden lang.

Windgeschaukelt wachte sie auf. Sie blickte gähnend um sich, streckte die Arme hinterm Kopf lang und schmatzelte: „Ein bisschen grau ist es geworden. Um ganz ehrlich zu sein, hätte ich nun trotz allem Lust auf zwei Kugeln Cappuccino-Eis. Ich hab welches in die Gefrierbox gepackt. Schatz, hörst du?"

„Dann musst du es selber holen." Donner grollte, während Rob an ihr vorbeilief. „Wir gehen besser in die Kajüte." Schon goss es vom Himmel herab.

Vanessa stand auf, katzbuckelte vorm ekligen Wetter und versuchte barfuß ihre Trägheit abzuschütteln. Dabei glitschte sie vornüber und rutschte auf ihrem Bauch, dem der Aufprall gar nicht geschmeckt hatte, stöhnend das gleißende Deck entlang. Bis Rob sie mit einem Arm angelte, ihr hochhalf und sagte: „Übst du schon? Du legst wirklich immer eine gute Figur hin."

„Puh, danke, du Spötter."

In der Kajüte trocknete er sie mit einem flauschigen Handtuch ab. Ausgetobt wandelte sich der Himmel zum stillen Abend und Sternenmeer.

„Port of Southampton", las Vanessa schließlich in der grellen Sonne mit einem ärmellosen Shirt am Bug stehend. Blaue, rote, weiße Paare, rufende Kinder, mürrische Einzelgänger boten sich weiter vorne ihrem Blick, nach Sandwichs raubende Möwen und braungraue Gebäude. Sie drehte sich zu Rob, der das Steuer verlassen hatte: „Wir sind in England."

„Ja", hantierte er an Deck mit einem Bollerwagen herum. An den Stegen neben ihnen ruhten vertäut andere Boote und Schiffe.

Nachdem sie die Gebühr für den Liegeplatz an einem Automaten bezahlt hatten, zogen sie mit Rucksäcken und dem Bollerwagen voller Melonen durch Southampton. Wäre es Vanessa möglich gewesen, mehr Abstand zu sich selber einzunehmen, dann hätte sie vielleicht darüber gelacht, aber so begann sie sich zu ärgern. Was sollte das alles?

Als die beiden an einer Ampelkreuzung mit rauschendem Verkehr standen, wurden sie von einem schlaksigen Kerl mit aschfahlem Teint und dafür aufgeschlossen buntem T-Shirt natürlich auf Englisch angesprochen: „Hey, 'n hübsches Pärchen gebt ihr ab. Ich muss schon sagen, du siehst dem Schauspieler und Drummer Robbie Robardo dermaßen ähnlich, dass ich glauben möchte, du bist es." Vanessa hatte den Worten folgen können und war gespannt auf die Erwiderung.

„Das hör ich öfters. Ich glaub's bald auch. Aber wir wollen hier nur Schwarzgeld treiben und ein paar exotische Früchte loswerden."

Der andere lachte, indem mit zurückgebeugtem Oberkörper kurz seine beschuhten Fußspitzen vom Asphalt hoben. „Der Markt ist schon lange am Abröcheln. Oh, aus Rot mach Grün. Schönen Tag noch!"

Gleich darauf gingen allerdings zwei modegeile Frauen ihnen aus dem Weg. Die eine tuschelte der anderen etwas ins Ohr, und dennoch wirkte es, als rätselten sie laut über den „Verbrecher" oder „Vergewaltiger" in Gesellschaft.

Am Stadtrand protestierte Vanessa: „Ich will jetzt sofort wissen, wie weit es noch bis zu unserer Pension ist."

„Anderthalb Tagesmärsche."

„Was?!"

„Wir haben doch genug Proviant dabei. Außerdem hast du selber mir vorgeschwärmt, wie sehr du das Abenteuerliche magst", zuckte er die Achseln.

Weil sie gar keine Kondition mehr hatte, keuchte sie neben Rob die Landstraße entlang. Das Gras flimmerte bereits im fortgeschrittenen Nachmittagslicht. „Ist das nun eine Strafe für meine vielen Ausschweifungen?"

„Mit einer Strafe für dich hat das nichts zu tun. Komm, wir müssen vor Einbruch der Dunkelheit noch so einige Kilometer schaffen. Die Tage werden kürzer."

Irgendwo unter einem großen knorrigen Baum nahe einem seltsam surrenden Moor schlug Rob ihre Raststelle auf. Vanessa war nicht nur fix und fertig, sie schien auch dünner geworden zu sein, aber ihr lodernder Verdruss hielt sie auf ihren kostbaren Ausgehsandaletten. Zugleich blickte sie mit Furcht in den zwielichtigen Wipfel hinauf, der bald von der Finsternis verschluckt wäre. „Hier willst du nicht im Ernst übernachten? Was, wenn Riesenspinnen von den Ästen herab und Trolle kommen?"

„Oder Hobbits und Zwerge", breitete er die Matten aus. Doch Vanessas Gemüt war allmählich vom Ärger durchgeschmort: „Willst du mit mir ein schlechtes Narrenspiel aufführen? Bei aller Liebe, aber mir reicht's!", versetzte sie dem Bollerwagen einen Tritt, dass er an einen Felsen krachte.

Rob schaute auf die herunterrollenden Melonen, von denen zwei aufgeplatzt waren, und dann wieder zu seiner erregbaren Partnerin. Sie zündete sich eine Zigarette an: „Ich will die Nacht in einem anständigen Lokal verbringen."

Er rollte die Matten wieder ein. Unter der kletternden Mondsichel erreichten sie ohne Bollerwagen schließlich ein Gasthaus mit Fremdenzimmer.

Einige schwatzende oder vorgebeugt essende Gesellen blickten sich um, als die beiden sich an einen freundlich polierten Tisch setzten, dessen brauner Farbton dem von Starkbier glich. Die dunkelblonde Wirtin, der dies alles wie der Erdgöttin entsprungen schien, trug bei nur leichtem bis mäßigem Übergewicht einen so monumentalen Busen vor sich her, dass ihre Gegenwart selbst die Zornigsten zu Eintracht und Frieden zwang.

„Guten Abend, ihr seht aus, als könntet ihr einen kräftigenden Happen und 'ne Erfrischung gebrauchen. Was darf ich bringen?"

Vanessa hätte am liebsten für sich und Rob einen ganzen Kabeljau bestellt. Lächelnd entgegnete die Wirtin, dass sie ihn höchstens in würzigen kleinen Blöcken servieren könne, was sie auch tat. Dazu stocherte Vanessa fressend Berge von Salat in sich, und sie kippte ein Ale. Rob hatte gleich für eine Übernachtung mit bezahlt und fragte nun: „Kennen Sie die Wanderwege in das Dorf Caffix?"

„Da kann Ihnen vermutlich am besten unser Li'l Bonesawer weiterhelfen. Li'l Bonesawer, würdest du diesen netten Reisenden bitte den kürzesten Weg nach Caffix erklären?

Ein hagerer Kerl in Hemdsärmeln erhob sich vom Stammtisch, stakte zu ihnen herüber und zog sich schräg einen Stuhl heran, um sich breitbeinig hinzuhocken. Er schnarrte einen fürchterlichen Dialekt, so dass die Wirtin an den vierschrötigsten Stellen in gutes britisches Englisch übersetzen musste:

„Vo hie aus leeft ihr am besten d'Straß rechts nunnä, bis ihr a'ne Abzweegung kümmt. Dann links immä gradaus un schließlee um'n ollen Scheißturm num. Irnwann kümmt ihr a'nen kaputt Weezenfeld, det ihr quer rübbä restlos ins Unjeziefer trampeln könnt. Vorbee an so 'nem Hurästädtchä folgt ihr'm Bachwassä bis ans Gröll, wo's in d'Höh spuitzt. Dann malocht ihr euch uff 'nem steenigen Pfad un 'ne Brück rübbä, die jedem normal Mensch dä Stuhlgang verflüssicht. Hinnä wieder nunnä erreecht ihr det Tal. Wenn d'Sunn no am Himmel grient, könnt ihr dann scho vo Weetem d'schieheelig Dorfkirch vo Caffix sehen, vustanden?"

Rob, der mitgekritzelt hatte, bedankte sich.

Immer schärfer zeichnete sich hingegen für Vanessa gar nichts Gutes ab. Auf der Treppe in das gemietete Zimmer raunte sie: „Was soll das werden? Ein Rachefeldzug?" Doch ihr sonderlicher Herzerwählter blieb wieder einmal stumm.

Nachdem sie am Morgen gemeinsam geduscht hatten, setzten sie ihre Reise in feinem Nebel fort, durch den das Licht wie zermahlener Schwefel stieg. Beharrlich folgte Rob der Route, während er von Baum und Boden wildsüße Pflaumen, aber auch Nüsse las.

Unter einem stechend klaren Himmel mühten sie sich bis zur Gebirgsschlucht. Zwar lag darüber keine Hängebrücke, jedoch ein so mittelalterliches Gebilde, dass Vanessa schon beim Anblick schwindlig wurde. „Nein, nein, nein, das Holz für meinen Sarg muss noch ein paar Jahrzehnte wachsen."

„Sicher, für meinen vielleicht auch. Komm jetzt", setzte Rob einen Fuß auf die Bretter.

„Ist das eher das Erbe deiner seiltänzerischen Mutter oder deines Haudraufs von einem abwesenden Vater?" Sie blitzte ihn an. „Ich bleibe hier stehen beziehungsweise kehre einfach wieder um."

„Findest du alleine den Weg zurück? Sonst wählst du Grasbüschel als Sargmaterial."

Sie machte einen nervösen Schritt nach links, nach rechts und dann auf ihn zu. „Mann muss einen Menschen schon sehr stark mögen, um sich das alles gefallen zu lassen, aber langsam könnt ich dir eine scheuern, weißt du das?"

„Ja", streckte er die Hand nach ihr aus, „nichtsdestoweniger unterschätzt du womöglich die Brücke. Das Mittelalter bestand nicht aus Ikea, komm."

Die Holzbalken knarrten, und obwohl es auf der Welt tausend größere Schluchten gab, schaute Vanessa nirgendwohin als zur gegenüberliegenden Seite, die mit jedem Schritt näher rückte. Plötzlich kam um eine Felswindung herum in erstaunlich schnellem, wenn auch gebeugtem Gang ein unrasierter Alter mit drei schwarzen bellenden Hunden.

„Oh, Allgütiger", stützte sich Vanessa aufs Geländer und ließ es sofort wieder los, „ich muss gleich Galle kotzen." Die Kette klirrte, den Bestien schäumte die rote Lefze.

Auf selber Höhe jedoch grinste der Alte ein zahnloses „Gut's Tagchen", und die Hunde gingen sabbernd mit wedelndem Schwanz an ihnen vorbei.

Als sie noch im eher hellen Sonnenuntergang endlich das Tal erreichten, klagte Vanessa: „Ich hab ein Loch im Bauch." Doch Rob schaute vor allem grimmig auf die Häuser von Caffix: „Wir müssen noch warten. Hier", gab er ihr aus dem Rucksack eine Wasserflasche, die Nüsse und das Obst.

Sie biss hinein und trank. Weil er aber mit angespanntem Kiefer nur in dieselbe Richtung stierte, wurde ihr immer unheimlicher zumute: „Du wirst mich jetzt endgültig einweihen müssen. Was – ist – hier – los?"

„Siehst du das abseits stehende Haus mit dem violett und orangefarben gestrichenen Balkon? Dort wohnt sie. Der englische Dichter Walter Scott hat einmal gesagt: ‚Revenge is the sweetest morsel to the mouth, that ever was cooked in hell.' Rache ist dem Mund der süßeste Bissen, der jemals in der Hölle gekocht wurde." Er holte einen Revolver heraus.

„Du liebe Scheiße, ich hab's geahnt!" Vanessa atmete mit zwei Pflaumen in der Hand tief durch. „Willst du sie jetzt umbringen, die Engländerin, die dir übel mitgespielt hat?"

„Ja, die verleumderische Crissy. Fünf Jahre können

stückweise eine Seele zerfetzen. Gerechtigkeit, nicht wahr?", umgriff er den Revolver so fest, dass seine Knöchel weiß anliefen, „nun badet sie in Blut."

Inzwischen wurde es immer düsterer. „Um Himmels willen, Rob, mach dir klar, wie wahnsinnig absurd das wäre: Wenn du als Unschuldiger, der endlich aus dem Gefängnis freigelassen wurde, dich schuldig machen würdest!"

„War es nicht sozusagen auch absurd, sich als Diätassistentin im Fressrausch zu gefallen? Ich stand immer zu dir. Wenn du mir aber nicht helfen willst, dann erledige ich es alleine", pirschte er los.

Helfen, dachte Vanessa, ja, Hilfe braucht er tatsächlich. Sie lief ihm durch die Dunkelheit nach und verzehrte dabei ihre Pflaumen.

Geborgen und sicher leuchteten die Hausfenster. Zu zweit schlichen sie heran und kauerten sich hinter den kleinen Roadster mit einem Kratzer in der Lackierung, neben dem eine Mülltonne stand. „Setzen wir die Rucksäcke hier ab", steckte Rob flüsternd die Waffe in den Jeansbund, um Vanessa aus ihren Riemen zu helfen, „und puste nicht so."

„Na hör mal, du weißt genau, dass ich nichts dafür kann, so wie ich die ganzen letzten Wochen gelebt habe. Und wenn das Gepäck –" „Psst." Unterbrechend holte er leise eine breite Rolle Industrieklebeband hervor. Sie verharrten.

Jemand öffnete die Tür, ein gut gekleideter und noch junger Durchschnittsengländer mit halbkurzem tuffigem

Haar. Ihr Freund?, lauerte Vanessa und lavierte in Gedanken, wie sie das Unheil noch abfangen könnte. Völlig arglos und bodenständig schlappte er mit einem Küchenmesser in der Hand an ihnen vorbei.

Mit einem Satz wie ein Wolf hatte Rob ihn von hinten gepackt, wetterte die Klinge in die Büsche und klebte ihm auch schon den Mund zu. Indem sie ebenfalls aufsprang, verfolgte Vanessa, wie er das Klebeband mehrfach um Arme und Beine schlang, bis das Opfer ähnlich einer Mumie in Hockstellung an der Hauswand eingewickelt war. Entgeisterte, ängstliche Augen linsten sie an.

„Du willst ihn doch nicht so sitzen lassen?"

„Warum nicht?"

„Vorne am Haus", wisperte sie verständnislos, „wo jeder Vorbeikommende ihn sehen könnte? Wir müssen ihn wenigstens auf die Rückseite verfrachten, aber behutsam."

Also hoben und trugen sie ihn halb gebückt an den Fenstern vorbei, um ihn hinten wieder abzusetzen. Vanessa erkannte die krausen Silhouetten von Blümchen und Gemüse. „Einen niedlichen Garten habt ihr hier. Wolltest du" – sie suchte das englische Wort – „Petersilie holen?"

Der Verschnürte nickte. Doch Rob stahl sich schon wieder um das Haus herum.

„Ich muss ihm nach", huschte sie.

Nach einem breiten, aber sehr kurzen Eingangsbereich mit leeren Kleiderhaken standen sie sofort im gelblich gehaltenen Wohnzimmer. Aus diesem führten wiederum eine offene Tür und ein weißer bogenförmiger Durchgang in andere Räume. Ein Stück Holztreppe erfasste hinten ihr Blick, näher eine gemütliche Eckcouchgarnitur, einen trällernden Fernseher und irgendwelche posierlichen Fotos auf Kommoden. Das Flappen einer Kühlschranktür war zu hören, und tänzelndes Tapsen.

„Schatziwautzi, hast du – Ah!" Leicht sommersprossig, eine schlängelnde Haarsträhne wie eine Bastelflamme neben ihrem Gesicht erstarrend, stand sie in schwarzen legeren Jerseyhosen und einem lotosweißen Shirt vor Robs bitterlichem Revolver. In unterdrücktem, erkenntnisgeladenem Schock blickte sie von ihm fragend zu seiner Begleiterin. Vanessa, die einerseits um zerstörte Leben fürchtete, bezichtigte sich andererseits für ihre kaltblütigen Gedanken: Wen wundert's, dass er mit dieser zuckerigen harmlosen Hexe in die Falle gegangen ist?

„Komm näher", befahl Rob in zischend gedämpftem Tonfall, und als Crissy zögerte, drohte er: „Wenn du nicht willst, dass auf der Stelle an den Türrahmen eine neue Farbe knallt, dann kommst du zwei Schritte näher."

Ihre blassrosarote Lippe zitterte, sie schluckte und trat vor. Auf einmal sauste einem Jungen voran seine kindliche Stimme ins Wohnzimmer: „Mummy, ich will statt Quark endlich Bonbons!" Doch packte auch ihn die Lähmung, noch bevor er seine Mutter erreichte, und er blieb wie ein putziger Bauer auf dem Schachfeld stehen. Vanessa glaubte zu spüren, dass dies selbst Rob verunsicherte. Allerdings hielt er die Waffe fest geradeaus gerichtet.

Mit einer lieblich angestrengten Stimme, die hörbar

um den Anschein einer kontrollierbaren Situation rang, sagte sie dem höchstens Vierjährigen: „Du darfst keine Bonbons zum Abendbrot essen. Ich hab dir doch erklärt, was Karies bedeutet. Nur ist so spät noch ein alter Bekannter vorbeigekommen, der mir … der mir auf den Zahn fühlen will. Geh in dein Zimmer spielen und verstöpsel dir die Ohren. Na los." Der Junge verschwand.

„Bitte", flehte sie anschließend, „bitte, Robert, das hätte mein Sohn nicht verdient, ohne mich aufwachsen zu müssen."

„Nicht verdient", schnaubte er und knirschte: „Hast du auch nur den leisesten Begriff davon, was ich deinetwegen durchmachen und mir alles anhören musste? Das Unverständnis, die Einsamkeit, der Zermürbungskampf, während das riesige Weltkarussell einfach in seinem Wahn fortschreitet, als wäre nix gewesen! Bis heute leide ich wie ein Dampfkessel unter psychischem Druck, und das alles nur wegen deiner elendigen feigen Unredlichkeit", reckte er den Lauf noch weiter vor.

Nicht mal eine Sekunde später knatterte eine weibliche Stimme wüst vom oberen Stockwerk herab: „Crissy, du kleine dreckige Schwanzlutscherin, was treibst du schon wieder?"

Verdattert schauten sich Rob und Vanessa an.

„Meine Mom", erklärte die junge Britin, „sie ist krank. Diagnostiziert wurde es von einem Psychiater unmittelbar nach dem Prozess, aber es hatte schon früher angefangen." In ihren Augen sammelte sich glasiger Schmerz. „Ich … ich habe aus Angst vor ihren Reaktionen gelogen, nicht bloß wegen meinem Ex-Freund, der jedes Mal ausflippte, wenn ich nur im engen Kino zufällig einen anderen Kerl berührte."

Wie als Antwort wütete es mutmaßlich vom Bett herunter: „Ich ruf die Bullen, du mannstolles Feuchtloch von einer Dreiecksfickerin!"

„Meinem Ehemann geht's doch gut? Ich hab keinen Schuss gehört. Ihm geht's doch gut, oder?", zeigte sich Crissy mittlerweile nahe dem Zusammenbruch.

Robs Revolver sank ein Stückchen. „Ja", schaltete sich Vanessa dazwischen, „ihm geht's gut, sozusagen. Er ist sicher verpackt hinterm Haus."

„Bist du Roberts Freundin?"

Vanessa nickte. Ausgerechnet hierauf brach es schluchzend aus dem verheirateten rotblonden Mädchen: „Es tut mir so leid, Robert, was du meinetwegen ertragen musstest. All die Jahre schon, all die Jahre hab ich unter meinem eigenen Unrecht gelitten ..." Ihre Stimme zerwusch sich in Tränen.

Rob ließ sich die Waffe von Vanessa aus der Hand nehmen. Betroffen, abgespannt stand er da. Seine Gesichtsmuskeln enthärteten sich, bis er die ganze Sache mit einem weichen Seufzer aufgab: „Ich verstehe schon, Crissy. Die Wirklichkeit spielt gerne Versteck. Dabei waren wir von Anfang an quitt", drehte er sich bereits fort.

„Nein, nein", zeigte Vanessa nun fuchtelnd mit dem Revolver zwischen den beiden hin und her, wodurch sich ungläubige Blicke auf ihr vereinten, „so einfach geht das nichts. Ihr müsst euch in die Arme nehmen. Um sicher und vertrauensvoll nach vorne schauen zu können, müsst ihr echten Frieden schließen."

Vorsichtig wischte sich Crissy die Tränen unter den dezent verschmierten Lidern weg, blieb aber stehen. Rob machte einen Schritt auf sie zu, und nun kam sie ihm mit gesenktem Gesicht entgegen, das sie erst unmittelbar vor der Umarmung hob. „Du hast immer noch einen starken Auftritt, Robert. Ich wünsche dir und deiner Freundin glückliche, sturmerprobte Erfüllung!"

„Das wünsche ich dir und deiner Familie auch, Crissy. Warum", löste er sich zu guter Letzt, „bringt ihr deine Mutter nicht in ein Pflegeheim?"

„Weil sie dort vielleicht zusammen mit schlechten Menschen eingesperrt wäre. Sie hat mich großgezogen, sie hat sich um mich gekümmert. Mir helfen Freunde bei der Betreuung. Ich würde es ihr nicht besonders gut vergelten, wenn ich sie jetzt abschiebe." Noch immer strahlte Crissy bei diesen Worten nichts als Erleichterung aus.

Ihr Angebot, hier im Haus zu übernachten, lehnte Vanessa zusammen mit Rob zufrieden und dankend ab. Sie sagten Lebewohl.

Mit ihren Rucksäcken im zirpenden Tal knutschten sie sich zu Boden und fraßen einander schier auf. „Wenn wir zurück sind, nehmen wir endlich die Essenseinladung von meinem Stiefvater an, damit du meine Familie kennenlernst. Heute übernachten wir aber im Freien, und morgen mal sehen. Was meinst du: Ob die Baumnymphen schon alle Wassermelonen verputzt haben?"

Vollgas, alter Saftsack

Allgäu

*B*ärtig in seiner schwarzgrau zerschlissenen Lederjacke mit *Motörhead*-Aufnäher und Jogginghosen saß
Hans Dieterle Wohlfart ebenso breitbeinig wie schwer
auf dem karierten Sofa, während er einen zu großen
Schluck Bier schwappend in den Backen behielt. Zwi-
schen dem Holztisch mit der Dose und seinen quietsch-
bunten Pantoffeln sonnten sich zwei Wollmäuse im lauen
Herbstlicht, das durchs Wohnungsfenster hindurch auch
ihn nicht vergaß. Der Fernseher flimmerte, aber Hans
Dieterle achtete nur auf den Krempel in seinem eigenen
Kopf, der sich dort freilich nicht in gestochen scharfer
Qualität abbildete.

Er war 54 Jahre alt. Mal hatte er als Tankstellenwart
gearbeitet, mal als Türsteher, Hilfskraft im Lager, Kassie-
rer in einem Motorradgeschäft, Schmuggler und Bagger-
fahrer. Jetzt lebte er von Sozialhilfe. Irgendeiner Grup-
pierung wie einem Motorradklub hatte er nie angehört.
Ein Kumpel von ihm war dadurch gestorben, dass diesem bei einem Österreich-Slowenien-Urlaub plötzlich ein
Reifen platzte und er auf der Brust in ein Gehege von
Rindviechern schlitterte, die ihn niedertrampelten. Der
andere hatte sich röchelnd an einem Zigarrenstummel

in einem Schnapsglas totgesoffen. Selber war Hans Dieterle weder weit herumgekommen, noch vertrug er harten Alkohol. Gerne trank er auch mal Fruchtsaft oder Limonade.

Er wog 110 Kilogramm, und seine früheren 1 Meter 81 waren inzwischen auf 1.79 gestaucht, was sein Selbstwertgefühl nicht erhöhte. An schlechten Tagen plagte ihn eine leichte Gicht, und ganz davon abgesehen hatte Lemmy Kilmister, das abgesifft rockende Raubein von *Motörhead,* wie seine Kumpel das Zeitliche gesegnet. Als Angehöriger der 1960er-Generation glaubte Hans Dieterle automatisch immer ein angesagter Rebell zu sein, aber alles, was nach dem Jahr 2000 geschehen war, hatte er nicht mehr richtig mitgekriegt. Seit mehreren Monaten onanierte er auch nicht mehr. Er war geschieden.

Seine Ex-Frau, die ebenfalls noch im selben Städtchen wohnte, hatte sich nach ihren ausgetobten jugendlichen Erwachsenenjahren mehr und mehr in ein konservativ-bürgerliches Leben verstiegen. Sofern er sich nicht täuschte, bearbeitete sie Schadensmeldungen bei der Haftpflichtversicherung im Schichtdienst. Ihr trauerte er auch nicht nach.

Aus seiner Brusttasche zog er ein eingeschweißtes Foto. Ein blondes Mädchen mit einem liebreizenden, aufgeweckten Gesicht und spöttisch bekrittelndem Lächeln schaute ihn an – seine Tochter, Chelsie Serina Wohlfart. Damals war sie 14. Ein Träne strudelte ihm schimmernd und haftend ins Auge. Wie hatte er nur ein solches Glanzstück hinbekommen? Zehn Jahre war es her, dass dieses Foto auf einer Nachmittagsveranstaltung des Gymnasiums geschossen wurde. Die Mutter hatte ihm gerichtlich den Kontakt verbieten lassen, nur weil er einfach als behämmerter Totalversager der Welt gegenüberstand. Aber jetzt war Chelsie längst erwachsen, jetzt konnte es ihm niemand mehr untersagen, sie zu sehen. Was machte sie? Wo war sie nun? Wenn sie noch hier leben würde, dann wäre er ihr doch irgendwann einmal begegnet. Er musste sie einfach aufsuchen und ihr sagen, wie gerne er als Vater mehr für sie dagewesen wäre.

Endlich schluckte er, knipste den Fernseher aus, holte das Telefon und ließ sich wieder auf die ächzenden Sprungfedern des Sofas planschen. Er rief seine Ex-Frau an.

„Ja, hallo auch", schickte er ein Räuspern durch den Hörer, „der alte Saftsack ist's. Ich wollte nur mal fragen, ob du mir die Telefonnummer oder Adresse von Chelsie geben kannst?"

„Nein, kann ich dir nicht geben."

„Warum nicht? Ich darf doch wohl wissen, wie es ihr geht."

„Sie ist vor fünf Jahren zum Studieren nach Amsterdam gezogen. Tschüss", legte sie auf.

Amsterdam? Davon durfte er sich nun nicht abschrecken lassen. Aber er musste Näheres wissen. Indem er das Foto erst jetzt zurück in seine Brusttasche steckte und die halbleere Bierdose sich selbst überließ, beschloss Hans Dieterle, es noch einmal direkt an der Haustür seiner Ex-Frau zu versuchen. Er wechselte die Jogginghose gegen eine verwaschene Jeans, die er unter seinem Bauch gürtete, und zog seine dunklen Stiefel an. Dann trollte er sich aus der Wohnung.

Weil sein Arzt ihm Bewegung angeraten hatte, schnaufte er in großen schwerfälligen Schritten durch das Städtchen. Hoch und runter zogen sich die asphaltierten, nicht übermäßig laut befahrenen Straßen um restaurierte Häuser herum, aber auch Neubauten. Aus einem gekippten Wirtshausfenster ringelte sich der deftige Geruch von Spätzle und brutzelndem Speck. Wie ein Wall rahmten noch immer grüne Hügel den ganzen Ort ein. Einkaufende, werkelnde oder verabredete Leute sahen und grüßten mitunter Hans Dieterle sogar, ohne sich weiter um ihn zu kümmern.

Bei dem Mehrfamilienhaus, in dem seine Ehemalige wohnte, drückte er mit seinem breiten Daumen so fest die Klingel, dass der Knopf stecken blieb. Es piepte und piepte. „Ich hab 'n klaren Kopf und saubere Ohren, hörst du? Du kannst loslassen", erschallte es vom Balkon herab.

Er trat einen halben Schritt zurück und sah das kastanienrot gefärbte Haar seiner Ex-Frau. Ihr Gesicht über dem gestrickten Rollkragenpullover schien nicht sehr erfreut. Achselzuckend breitete er seine fleischigen Handflächen aus und rief die paar Meter nach oben: „Ich will wissen, wo genau in Amsterdam Chelsie wohnt."

„Weißt du auch, wie das nervt? Was hast du mit der Klingel angestellt?"

Er versetzte der Anlage einen Fausthieb, so dass sie

prompt selig schwieg. Das Gesicht beim Geländer wirkte nicht gerade erfreuter dadurch. „Hast du sie jetzt kaputtgemacht?", zischte es penibel.

Doch er bekräftigte nur: „Ich will Chelsie in Amsterdam besuchen."

„Merkst du es nicht?"

„Was?"

„Du hast offensichtlich nicht einmal genug Hirn in deinem Schädel, um in der eigenen Ortschaft eine Klingel richtig zu betätigen. Entweder du gibst es also auf, wie du alles in deinem Leben aufgegeben hast", sah seine Ex-Frau auf ihn herunter, „oder ich werf dir einen Plüschdinosaurier an den Kopf."

Ihm fehlte die Schlagfertigkeit, um irgendetwas darauf zu erwidern. Also verschwand sie süffisant vom Balkon wieder nach innen und ließ ihn stehen. Er kehrte um.

Zurück in seiner Wohnung starrte er die Bierdose wie den Stab der Weisen an. Endlich fasste Hans Dieterle den Entschluss, dass er von all den Demütigungen und Kränkungen genug hatte. Er würde einfach mit dem Motorrad nach Amsterdam fahren und seine Tochter ausfindig machen. Wie viele Frauen mit dem Namen Wohlfart konnte es dort schon geben (mal fest angenommen, dass sie noch so hieß)? In Geographie hatte er nie als der Stärkste geglänzt, aber eines wusste er: Die Niederlande waren auf der Karte links oben, und ebenfalls oben war Schleswig-Holstein. Folglich musste er nach Schleswig-Holstein fahren, und dann links. Das war sein Plan.

Er packte für die Reise seinen Rucksack: Klamotten, einen Schokoriegel, ein altes Brot, Blumenwasser und Geldscheine, wovon er einen im ausgewechselten verkalkten Zahnputzbecher fand. So etwas wie ein Handy hatte er nie besessen. Gerüstet rumste er die Wohnungstür endgültig hinter sich zu.

Im mittags verwaisten Hof stand mit silbern eingenicktem Lenker seine treue Harley Davidson. Wenn er bei seinem Gewicht den Hahn auf Vollgas drehte, dann bekam er 130 bis 140 Stundenkilometer drauf. Er landete mit aufgezogenem Helm im schwarzen Ledersattel und schmiss die Zündung für den blubbernden Motor an: Baujahr 1993, genau wie seine Tochter.

Die Reise

Vorbei an Weiden, von denen der gewohnheits- und spaßeshalber rumfluchende Bauer seine dagegenblökende Schafe holte, fuhr Hans Dieterle auf die Autobahn. Selbst die verbissen nebeneinander dröhnenden Lkw irritierten ihn nicht im Geringsten. Das wäre doch gelacht, wenn er nicht wie der nachsommerlich streichelnde Wind seine Chelsie erreichen würde!

Allerdings musste er schon nach einer Stunde ausscheren, weil sein Tank beim Losfahren nur halbvoll gewesen war. Er stieg von der Maschine herunter, schraubte den Deckel ab und henkelte das schlanke Metallrohr hinein. Auf der gegenüberliegenden Seite der Zapfsäule weilte eine rot-weiße Ducati, ein hochmodernes schnittiges Motorrad mit einer Spitzengeschwindigkeit von 300 Stundenkilometern. Im Gegensatz zu ihm standen mit aufbehaltenem Helm daneben ein sportlicher Mann und eine zierliche Frau, wie an einer herausflitternden Haarsträhne, aber auch dem Doppel von kleingeplätteten Auskegelungen im gleichfarbigen Lederanzug zu sehen war. Das mussten trotz aller gefährlichen Leidenschaftlichkeit beneidenswert wohlsituierte Leute sein, dachte Hans Dieterle. Gerade als er mit einem Händedruck am Griff das stechend riechende Benzin hineinstrudeln ließ, flanierte der geschätzte Mittdreißiger zu ihm herüber.

„Einen schönen, reinrassigen Chopper haben Sie da."

„Schön und rassig, das Kompliment kann ich nur zurückgeben", schaute Hans Dieterle zu der Rennmaschine, fand jedoch die Frau aus diesem Winkel nicht mehr. Der andere sprach sofort mit Blick auf die mehrspurige Straße durchs offene Visier weiter: „Danke, danke, aber haben Sie sich einmal diesen bunten Wolkensturm von einzeln rasenden Autos da angesehen?"

„Nicht so richtig. Warum?"

„Sie sind alle so schrecklich heraldizistisch."

„Heraldi–? Das heißt?", starrte Hans Dieterle in dieselbe Richtung. Zu diesem Zeitpunkt reichte bereits in das Dunkel seines Tankes ein transparenter Schlauch mit hinein, der leise den hereinfließenden Treibstoff in die Ducati rüberpumpte. „Das heißt", schwallte der andere konzentrationserfordernd, „dass jedes Auto mit vier oder fünf Sitzen – unabhängig von den kaum erkennbaren Leuten darin, also grundsätzlich – die Verherrlichung einer und immer nur einer Sippschaft beziehungsweise Familie symbolisiert. Das ist keineswegs moralisch."

„So habe ich das noch nicht gesehen."

„Ja, Familie und ego-expandierendes Aneignen von Besitz, das ist doch dasselbe. Bedenken Sie, auch die Mafia spricht von ‚Familie' und sagt beispielsweise: ‚Welch hübsches Sümmchen hat doch unser Don Pedalo zusammengemordet!' Was mich persönlich betrifft, so versuche ich meine Mitmenschen immer zum Geben zu bewegen. Ich bin Sozialist und Individualist und alles zusammen, nur das nicht, was ich erscheine. Als ich aber sie sah, da hab ich mir gleich gedacht: Das ist ein nettes Original! Was sagen Sie dazu?"

„Ja, was soll ich dazu sagen? Danke. In meinen Augen haben natürlich Motorräder auf jeden Fall mehr Charakter als Autos. Selber hab ich's nie so genau genommen, aber wo soll ein Mensch hineingeboren werden, wenn nicht in den Schutz einer Familie? In Staatstheorien etwa oder einen 18-Liter-Tank?" Plötzlich kam ihm die Zeit ziemlich lange vor, in der seine Hand den Griff schon drückte, und er schaute zur Zapfsäule: 25 Liter?! Kaum ein Viertel davon schien seinen Tank erreicht zu haben.

Indem er das tropfende Metallrohr herauszog, hielt er äugend und gebeugt sein Gesicht an die Öffnung. Den transparenten Schlauch hatte unlängst die gewichste Dame zurückgerollt, die nun hinter ihrem Komplizen eng auf der Ducati saß. Erst das geräuschvolle Schnorren der hohen, durstigen Drehzahlen ließ Hans Dieterle aufschauen.

„Auch die Tankstellen stecken alle unter einer Decke! Die Preise sind schuld", raste das Paar mit dem auffauchenden Geschoss davon. Zu allem hin winkten im Nummernschild die Zweien spiegelverkehrt, was erst bei genauem Hinsehen auffiel und völlig meschugge machte.

Hans Dieterle schnaubte vor sich hin. „Wenn die wenigstens bessere Gründe hätten, wenn sie wenigstens wie der abhelfende Robin Hood die Reichen schröpfen würden", musste er die Spritkosten wachsen lassen, „aber der Bart ist eben nie lang genug, um alle Frechheiten der Menschen zu kennen." Zumindest diese sollte ihm an den anderen Tankstellen nicht mehr zustoßen.

Er ließ die Räder weiter nordwärts rollen. Irgendwann am Nachmittag hielt es sein Hunger für weise, an eine Raststätte zu fahren.

Drinnen an der langen muskatbraunen Theke mit Kuchentellern und folienüberzogenen Salaten im Glaskasten holte er sich erst mal einen Apfelsaft. Im Entlanggehen las er dann die hochangebrachte Tafel an der Wand. Ein noch jugendlicher, aber im Gesicht reifer und zugleich blasser Mann hatte gerade einen kleinen Reisebus voll Rentnern bedient, bevor er Hans Dieterle grüßte. Dieser fand es an der Zeit, mal was Neues auszuprobieren, und sagte gleichsam aufgeklärt: „Guten Tag, ich hätte gern 'ne große Portion Cevapcici."

„Wird gemacht." Der Angestellte drehte sich um, erhitzte und würfelte das Vorgefertigte zusammen. Unterdessen betrachtete Hans Dieterle die Scheuermilch, Dosen und pikanten Gewürze im Regal. Sowie ihm sein Teller gereicht wurde, schwenkte er freundlich das Kinn in Richtung eines scharlach- und schwarzmarkierten Behälters: „Streuen Sie mir bitte noch Rattengift drüber."

Der Angestellte schaute ihn erst verunsichert an und begann daraufhin zu lachen: „Das ist ein Gag."

„Ich weiß, dass es ein Gag ist, darum verlange ich es ja."

„Ähm, nein, ich meinte, dass Sie einen Gag machen. Wissen Sie, es ist nämlich echtes Rattengift."

„Aber vermutlich nur heralditrophes? Nun streuen Sie mir endlich ein bisschen drüber, bevor es kalt wird", zeigte der unbefangene Schwergewichtige mit dem Finger noch mal zu dem obskuren Zeug.

„Also, ich kann wirklich nicht die Verantwortung übernehmen, wenn Sie –" „Kommen Sie schon, niemand würde quasi damit werben, dass hier Ratten rumrennen. Das bedeutet übersetzt doch nur: ‚Mörderscharf!‘ So was steht auch auf extra starkem Tabasco drauf. Wer ist der König, Angestellter oder Kunde?"

Der junge Mann wurde noch blasser. „Na gut, aber nur ein ganz klein bisschen", holte er den Behälter wie pulvriges Dynamit aus dem Regal, „denn es hat's wirklich in sich." Schwitzend und nunmehr errötend, als hätte er selber tatsächlich eine ganze Chilischote im Mund, bedachte er das Gericht mit einer Prise.

„Fein", lächelte Hans Dieterle, „dann will ich damit mal an die Kasse." Anschließend setzte er sich mit niedergebeugten Ellenbogen einzeln an einen Tisch.

Das Fleisch schmeckte würzig, salzig-schmalzig, einfach hervorragend. Ruckzuck hatte er alles verputzt. Er kippte seinen Apfelsaft herunter, erhob sich zum Ausgang hin und winkte nochmals lachend: „Tolles Rattengift, muss ich mir öfters gönnen, tschau!" Bis zuletzt sah ihm der Thekenbedienstete mit hoffendem, von Bangigkeit angekrisseltem Gesicht hinterher.

Weiterrauschend auf der Autobahn verwabberten Hans Dieterle vor der Nase das Grau und Grün und befremdliche Blau. Übel nagende Krämpfe im Bauch machten ihm das aufrechte Atmen schwer, und mit heißkalter Blödheitserkenntnis bog er bei der nächsten Gelegenheit eine Ausfahr hinunter.

Verwirrt tuckerte er durch irgendein Wohngebiet. Vonseiten der Bürgersteige links und rechts war die Straße halb mit Autos zugeparkt, als ihm ein bedruckter Kurierwagen entgegensurrte. Der geschwächte Biker versuchte auszuweichen, kam ins Schlingern und verwahrte sich mit dem Lenker letztendlich krachend im Seitenfenster eines stehenden Audis. Plärrend lief gerade in dem Moment der Besitzer mit offenem Jackett daher: „O nein, o nein, mein schönes Auto, du Rhinozeros! Den Zirkus muss sich die Polizei ansehen", griff er zu seinem Handy.

Währenddessen zog sich Hans Dieterle seitlich wieder heraus, wobei er dank Lederjacke und -handschuhen unverletzt blieb. Er stellte den Motor ab und schob die Harley danach einen Meter abseits. Eher unaufgeregt oder still betroffen blieb der Kurier bei seinem Auto stehen, und das, obwohl er offenkundig Südländer war. Lediglich auf seine Armbanduhr sah er mehrmals.

Aus dem Polizeiwagen, der herbeifahrend die Straße restlos verstopfte, stiegen wie die Sonderkommissare zwei provinziell anmutende Beamte. Der jüngere hatte trotz seiner Uniform das hagere Aussehen eines amerikanischen Verbrecherfarmers, der ältere das eines schnurrbärtigen und aufgeblasenen Bäckermeisters. Elend stützte sich Hans Dieterle im Stehen auf sein Motorrad, dessen ungeachtet er mutmaßte, dass er die Prise überleben würde.

„Wie is'n das passiert, Freunde?", inspizierte der Bäckermeisterliche voran die kleine Karambolage.

Der Audibesitzer, dem das fünfminütige Warten anscheinend sehr schwergefallen war, platzte heraus: „So wie man dem Juwelier eine Kopfnuss gibt, genau so hat der da mit seinem Lenker meine Scheibe eingeschlagen. Gott sei Dank saß ich nicht drin, sondern bin gerade hergelaufen."

Der Beamte sah Hans Dieterle lange an und sagte schließlich: „Sie werden beschuldigt. Wie lautet Ihre Version?"

„Nun", straffte er sich keuchend, „ich wollte auf der engen Straße in langsamem Tempo dem Kurier ausweichen und hab dabei Schlagseite bekommen."

„Soso. Was meinst du dazu?", fragte der aufgeblasene Polizist den hageren, der übrigens wie der Audibesitzer alles Mögliche vermerkte, obwohl sie noch nicht einmal die Personalien aufgenommen hatten. Er antwortete: „Glauben kann man das. Muss man aber nicht glauben."

Herbeizitierend wendete sich der Ältere hierauf an den Südländer: „Treten Sie doch mal näher zu unserem Grüppchen. Ich frage jetzt Sie, weil Fragen zu meinen Spezialität gehört: Wie sieht Ihre Realität aus?"

„Um die Wahrheit zu sagen, hat der Motorradfahrer recht. Es war ein Unfall", erklärte der Bote akzentfrei.

„Ein Unfall ist hier also passiert! Das lässt sich hören. Wie schnell sind Sie gefahren?"

„Kuriermäßig bis normal, so wie alle anderen."

„Was heißt das?"

„Fünf bis zehn Stundenkilometer zu viel, höchstens."

„Aha. Fangen wir doch erst einmal damit an, dass Sie uns Ihre Ausweise zeigen, alle drei bitte." In der Zwischenzeit gafften durch die Wohnungsfenster bereits einige Leute herab.

Nach dem Aufnehmen der Daten und Abtasten diverser Beinkleider schaute auch der jüngere, mit einem spitz hervorspringenden Kehlkopf ausgestattete Polizist zweifelnd Hans Dieterle an. „Haben Sie gesoffen? Gebechert, getrunken, meine ich."

„Natürlich will man das meinen", überhitzte sich der andere im flatternden Jackett, „der hängt doch hackedicht da wie 'n russischer Flaschenöffner!"

„Erst mal können Sie mit dem Auto sowieso nicht mehr fahren", holte der ältere Beamte mit geheimnisvoll zurechtknetendem Blick aus, während der jüngere bereits Hans Dieterle ins Testgerät pusten ließ, „und die Reparatur muss Ihnen gezahlt werden, das ist klar. Aber gehen Sie doch mal in unsere nette Stadtbibliothek und fragen nach einem Buch von Doktor Carl Gustav Jung. Ich habe gehört, Hysterie sei heilbar … Genau diesen Gesichtsausdruck meine ich. Hauen Sie schon ab! Und Sie", deutete er mit seinem Teigfinger auf den Kurier, „achten bitte weiterhin darauf, dass Sie nur so viel zu viel fahren, wie in Deutschland erlaubt ist. Auch tschüss!"

Somit blieben die beiden Polizisten alleine mit Hans Dieterle zurück, dessen Alkoholtest 0,1 Promille ergeben hatte. „Schön, schön, schön, fast so nüchtern wie 'n

Stockfisch also. Aber wissen Sie was? Sie haben verdammt viel Ähnlichkeit mit G. Vurzman, dem gesuchten Mitglied der Hell's Angels, Herr *Wohlfart.*"

„Das finde ich allerdings auch", pflichtete das Farmergesicht bei.

Langsam erholte sich Hans Dieterle von den schwummerigen Symptomen. „Sie haben doch eben selber gesagt, dass ich Wohlfart heiße."

„Höhöhö, Identitäten lassen sich fälschen, Herr Pissmirnichtansbein. Sie werden jetzt mit uns im Polizeiwagen auf das Revier kommen, wo wir Sie gründlich auf Drogen und Ihre ausschweifend rotbelichtete Vergangenheit prüfen. Glauben Sie nicht, dass uns das schmeckt, aber zum Glück kann das Wurstbrot am Feierabend nicht kalt werden …"

Auf dem Revier starteten die Beamten in einem offenen Büroraum abseits von einer schüchternen Sekretärin ein Kreuzverhör, um schenkelklopfend immer wieder denselben Punkt anzuschneiden: „Erzählen Sie uns noch einmal, wie das Rattengift in Ihr Cevapcici kam. Ha-ha-ha-ha! Ich krieg vor lauter Lachen noch 'n Darmverschluss", wischte sich der Schnurrbärtige eine Träne aus dem Triefauge.

In diesem Moment kam der krawattentragende Polizeichef herein, groß, graumeliert, schlank und nichtsdestoweniger breitnackig. „Was ist hier los?"

Als ginge ihnen plötzlich wie einem Jahrmarktballon die Luft ab, schilderten die Beamten ganz kleinlaut den Fall und ihre Verdächtigungen. „Warum", blitzten die Augen des Polizeichefs, „nehmt ihr dann nicht einfach einen Fingerabdruck? Warum habt ihr das nicht schon vor Ort abgeglichen? Wir leben im 21. Jahrhundert, ihr beiden …! Schauen Sie", wendete er sich nach seinen runtergeschluckten Worten an den gutmütig dasitzenden Altrocker, indem er einen Minicomputer von der Ablage nahm und ihm hinstreckte, „legen Sie bitte Ihren Daumen hier auf das Feld, den Scanner."

Sofort zeigte sich, dass Hans Dieterle Wohlfart nicht G. Vurzman, sondern laut vernetzter Kriminaldatenbank ein Niemand, weil eben Hans Dieterle Wohlfart war. Die anderen beiden zogen die Köpfe ein, so gorillamäßig blähten sich dem Polizeichef die Nüstern. Ganz unzweifelhaft kämpfte er aber um Selbstbeherrschung und sagte zu dem fälschlich Verdächtigten: „Wir werden uns um die weiteren Formalitäten wegen dem kleinen Verkehrsunfall kümmern. Gehen Sie ruhig zu Ihrem Motorrad zurück, und eine gute Fahrt wünsche ich Ihnen noch." Dabei schritt der Polizeichef selber aus dem Raum.

Doch puterrot im Gesicht drehte er sich noch einmal um und brüllte: „Wie ihr mit den Menschen umgeht, das ist unprofessionell und rechtlich haarsträubend, Stümper, Maulaffen! WER HÄNGT SICH ALS ERSTER AUF? ARSCHLÖCHER!!!"

Bis Hans Dieterle endlich zurück auf die Autobahn fand, breitete sich aubergineblaue kühle Dunkelheit aus. Wirklich heikel wurde es aber erst dadurch, dass sein Lenker verzogen war. Die bisher zurückgelegte Strecke, das konnte er nicht verkennen, fiel doch etwas komisch und frustrierend aus. Zum Glück wandelten ihn mehrere Sprichwörter an, die bewiesen, dass es spätestens ab dem morgigen Tag nur besser werden konnte. Dazu musste er aber erst einmal ein Motel anfahren.

Nach zig Kilometern erblickte er ein betongroßes rötliches Quadrat mit Fenstern und der Leuchtreklame „O ja Übernachtungen". Er ordnete sich rechts ein und stellte danach sein Motorrad zwischen einigen vierrädrigen Silhouetten auf dem Parkplatz ab.

Als er mit dem Helm unterm Arm durch die leichte Metalltür hereinkam, grüßte ihn lächelnd und freischultrig an der Theke eine schwarzgekleidete Frau, deren Haar die Farbe von voll- bis überreifer Orangenschale hatte. Auf einer tiefen Couch schien eine jüngere Dame mit schönen nackten Beinen unterm knappen Rocksaum aufmerksam einem Geschäftsmann zu lauschen, der irgendein Gesöff im kristallenen Glas schwenkte. Erstaunt über diesen warmen, extraordinären Eingangsbereich mit halbbreiter Treppe platzierte sich Hans Dieterle auf einem Hocker an der Rezeption oder Bar, wie auch immer.

„Auf welche Weise kann ich deinen Wünschen dienen?", säuselte nahe an der Kante die aufrecht stehende Frau. Ihr frühherbstlich strahlendes Gesicht gefiel ihm. Er sagte einigermaßen gebeugt und geschafft: „Ich hätte gerne erst einmal etwas zu trinken, irgendwas Orangiges."

Während sie aus zwei Flaschen einfüllte und es ihm hinstellte, beobachtete sie ihn viel genauer als er sie.

Mit einer Hand umgriff er das gelblich gefüllte Glas, ohne vorerst zu trinken. „Danke. Sicher haben Sie hier auch Ein-Bett-Zimmer?"

„Ja, Zimmer mit einem Bett", schmunzelte sie, „das haben wir schon."

„Wie viel kostet denn eine Nacht so?"

„Eine ganze? Das wäre hübsch saftig."

„Warum?" Gierig hob er das Glas. „Na aber, mein lieber Scholli! Ist das Wodka-Orange?"

„Ganz wie du es verlangt hast. Irgendwas Orangiges."

„Puh, jetzt muss ich's schon blechen, jetzt trinke ich's auch." Hinter ihm stöckelten Schritte die Stufen herab, und nochmals. Das erwachsene Mädchen mit Geschäftsmann wiederum schlawenzelte nach oben, während ein anderer Herr hinausging. „Ja, also, wie viel?"

„Wie wär's mit einer Stunde *all inclusive?*"

„Eine Stunde, das reicht mir ja nie!", kippte er seinen Drink hinunter, „du veräppelst mich, oder? Nach meinem Tag muss es schon mehr in den Federn sein."

Die erfahrene apfelsinenhaarige Dame zwinkerte zwei Brünetten zu, die sich sogleich neben Hans Dieterle setzten. „Hallo, mein Lieber", rutschte die eine ihren Po zurecht, und die andere schmeichelte mit demselben süßlich-harten Akzent einer Osteuropäerin: „Du siehst aus wie jemand, der das abenteuerliche Schlittern und Hupen liebt."

Zwar hatte er schon gehört, dass Gästen als herzliche Willkommensbezeigung beispielsweise Sekt und andere Annehmlichkeiten angeboten wurden, aber angesichts diesen Hotelfachfrauen runzelte er grüßend die Stirn. Der gesuchte G. Vurzman hätte ohne Zweifel gewusst, mit ihnen umzugehen. Doch in ihrem glänzenden Ohrgeklimper, dem bedusselnden Parfüm und Schnaps löste sich das dieterlesche Hirn wie eine große runde Brausetablette auf.

„Du willst dich also wirklich nicht für ein Stündchen hier einmieten? So ein manierlicher Kerl wie du", spann die vermeintliche Leiterin ihr Spielchen weiter, „der wird doch wenigstens diesen zwei eingecheckten Damen einen netten Schluck spendieren."

Insgeheim sträubte er sich dagegen. Wenn sie aber schon seine Manieren betonte, so wollte er sie auch zeigen. „Damit es die erlesenen weiblichen Kehlen begieße", wühlte er den Schein hervor, den er im Zahnputzbecher gefunden hatte.

Die gewiefte Schwarzgekleidete füllte nun drei Gläser, wobei sie Hans Dieterle mit so wenig Orangensaft bedachte wie die Nachtgenossinnen mit Wodka. Um offenbar ihren Verdienst sicherzustellen, knöpfte sie ihm aufschlagend noch ein bisschen mehr Geld ab.

„Dass ihr zwei ohne männliche Gesellschaft hier seid, das ist schon unerhört", drehte er sich süffelnd nach links und rechts. Amüsiert befeuchteten sie ihrerseits die geschminkten Lippen: „Nun haben wir die männliche Gesellschaft ja gefunden."

„Mich? Mal im Ernst, da würd euch doch selbst 'n Straßenbesen besser stehen."

„O ja", stöhnte es aus einem Zimmer, „oooh ja."

Kichernd schlangen die beiden ihre Arme um ihn: „Was für ein lustiger, treuherziger Kerl er doch ist, nicht wahr? Lass uns aber endlich mal sehen, ob er auch den Pimmel am rechten Fleck trägt!"

Wie ein Bienenschwarm bleute ihm die Erkenntnis, dass er sich in ein Bordell verirrt hatte. Lindernd stürzte er das Getränk herunter, während die Puffmutter flötete: „Für dich pro Dame 75 Euro die Stunde."

Was stellte sie sich vor? Auf wie viel Promille hätten jetzt die spottsüchtigen Polizisten seine Chancen noch veranschlagt, die entzückenden Luder im Bett rauf und runter zu bürsten? Wankend erhob er sich. „Das erscheint mir nicht als sehr lohnenswert. Danke, aber Kasse und Pimmel sind zu knapp", bumste er unter Gelächter mit der Schulter voran durch die Tür nach draußen.

In der frischen Nacht wärmte ihn zwar der Alkohol beim Weiterfahren, aber er konnte die Schilder nicht mehr lesen. Er musste irgendwo übernachten, irgendwo. Also kurvte er abermals von der Autobahn hinunter und quer durch deutsche Walacheien.

Nicht nur fühlte er sich hungrig, sondern auch saumüde, er konnte einfach nicht mehr. Mitten im Teutoburger Wald schaltete er absteigend die Schweinwerfer aus.

Es war stockfinster. Aus dem Rucksack, den er fast die ganze Zeit über aufbehalten hatte, knautschte er den Schokoriegel hervor und aß dazu einen halben Laib altes Brot. Dann legte er sich in seiner Lederjacke auf die laubbedeckte Erde und schlief wie knarrendes Gehölz.

Er schreckte auf, wie er eine feuchte Schnauze an

seinem Gesicht spürte, und wusste sofort, dass es eine Wildsau war. Um sein Leben kämpfend, rollte er sich unter Gegrunze und Gejaule über den Boden. Die Sau war offenbar klein, aber widerstandsfähig. Unter einem Adrenalinstoß schrie er wie ein Berserker, als – „Donnerlittchen noch mal" – ein Schuss in die Luft und eine Taschenlampe ihn erstarren ließen. „Nun bringen Sie hier nicht meinen Dackel um, Mensch! Sind Sie noch ganz smörrebröd, oder was?"

Über ihm stand ein Jäger. Der Dackel und Hans Dieterle hechelten sich an. Er betastete kurz seinen Ellbogen, in den jener ihn verschmerzbar gebissen hatte. „Entschuldigen Sie", rappelte er sich dann auf ein Knie hoch, „ich dachte, er hier sei eine Wildsau, 'ne kleine."

„Da müssen Sie aber einen großen Stuss zusammengeträumt haben." Der Grüngekleidete, der bei geringem Übergewicht und geradem Körperbau ungefähr im Alter von Hans Dieterle war, leuchtete auf die Harley. „Wie kommen Sie überhaupt dazu, hier zu übernachten?"

„Ich", richtete er sich ganz auf, „hab kein Hotel mehr gefunden."

„Nun ja, irgendwie verständlich. Eigentlich kann ich Sie hier aber nicht rasten lassen. Sie müssen nämlich wissen, es gibt in diesem Gebiet tatsächlich Wildschweinrotten, die auf der Suche nach Futter bis zu 25 Kilometer jede Nacht zurücklegen", tätschelte der Jäger für einen Moment herabgebeugt seinen Hund. Daraufhin kratzte er sich am Kinn und zeigte mit der Taschenlampe schräg durch die Bäume: „Ich will aber ein, zwei Augen zudrücken. Klettern Sie wenigstens auf den Hochsitz dort, ja? – Gute Nacht."

Hans Dieterle bedankte sich. Noch ehe der andere mit seinem Dackel weitergepirscht war, kraxelte er die Sprossen hinauf, um winkend oben das dunkle Holzpförtchen zu schließen. Dann schnecknudelte er sich zusammen, so gut es seine eingerosteten Glieder erlaubten, und schnarchte weiter.

In der klaren Sonne, die durch das farbige Geäst sprühte, entfaltete er sich ächzend wieder und blickte auf eine nahe Lichtung. Nachdem er vom Jägerstand hinabgestiegen war, gurgelte er das eingepackte Blumenwasser zur restlichen Brothälfte und schmiss aufs neue seine zwei Zylinder an. Er brummte aus dem Wald hinaus.

Zufällig, obwohl er seit gestern danach gesucht hatte, fand er vor der Autobahnauffahrt eine Reparaturwerkstatt. Er machte halt und schratete durchs offene Tor.

Zwei Koreaner mit zackig ölschwarzen Haaren und rötlichen Latzhosen klackten gerade die Motorhaube von einem Jeep neben einem Yamaha-Moped zu. Munter grüßte er: „Einen recht schönen Morgen!"

„Recht schönen Morgen", echoten sie im Singsang, „wie können wir helfen?"

„Mein Lenker ist verbogen", deutete er mit dem Daumen auf sein Motorrad.

Unverzüglich sahen es sich die Mechatroniker von nahem an. Sie fuhren damit einmal hin, einmal her und fanden noch ein Dutzend anderer reparatur- oder wartungsbedürftiger Mängel.

„Das kann ich mir nicht leisten", beschwerte sich Hans Dieterle, „macht nur das, was gemacht werden muss."

„Muss alles gemacht werden. Oder können Sie sich leisten, noch mal auf Zinken zu fallen?"

Selbst wenn er beim nächsten Automaten Geld abhöbe, würde es ihm bald ausgehen. Er erklärte ihnen, dass er's schlicht und einfach nicht bezahlen könne.

„Kein Problem. Im Lager liegen viele, viele Reifen, die müssen verladen werden."

„Ich soll für euch Reifen verladen, um es zu begleichen? Das ist doch Schwarzarbeit."

„Ja", lächelten die Koreaner nickend, „Schwarzarbeit."

Sie brachten ihn nach hinten, wo das durcheinandergestapelte Gummizeug längst vor einem sperrangelweit offenen Lkw-Anhänger wartete. Die Maloche würde Stunden dauern! Während die Reparateure wieder nach vorne gingen, wrang er sich aus seiner Lederjacke und packte an.

Gänzlich verschwitzt hing die Zunge ihm in den Vollbart, als sie ihn zur Arbeit beglückwünschten und seine sogar polierte Harley sehen ließen. „Geschmeidig wie der wiedergeborene Drache, kühn wie ein Löwe, wenn auch langsam wie Ochs. Dazu noch leckere Kekse und Eistee gratis", prosteten sie mit Hans Dieterle an. Er soff vor dem Verabschieden einen ganzen Tetra-Pack.

Auf der Autobahn hetzte der Nachmittagsverkehr, dessen ungeachtet er von seinen Kräften her ausruhen konnte. Als er zum x-ten Mal getankt hatte und aus einer limonenrüchigen Toilette trat, sah er auf dem

Parkplatz scheinbar alleine einen Übergriff. Fünf jugendliche Kerle begrapschten eine wohl arabische, jedoch mit graphitsilbernen Leggings bekleidete Frau, als wollten sie ein saftiges Grilltäubchen rupfen. Drei aus der herabwürdigenden und sprüchezischenden Gruppe waren hellhäutig, zwei eher dunkel. Nun mochte Hans Dieterle zwar ein Tölpel sein, aber er wusste mit Sicherheit, was zur Empörung aufrief.

„He, ihr da! He", näherte er sich geradewegs, „geht südwärts in den Puff, oder seid ihr dafür zu feige?"

„Was willst du, Rübezahl? Du hast nichts gesehen. Hau ab!", keifte einer, der grob der westlich gekleideten Frau den vergeblich keuchenden Mund zuhielt. Offenbar versuchten allesamt sie hinters Gebüsch zu schleppen. Ein anderer fletschte: „Wer sich wie eine Beute verhält, der ist selber schuld, und wenn du noch einen einzigen Schritt näher kommst, dann kriegst auch du zu Recht eins auf die Dreckrübe!"

Solche Gemeinheiten sah Hans Dieterle absolut nicht ein. „Euch sollte man die Wörter ‚Recht' und ‚Schuld' erst mal in der Gosche zurechthauen", ballte er die Faust.

Eine bräunlich weibliche Brust schimmerte bereits freigezerrt, als er zu einem einsamen Angriff brüllte. Doch die fünf Verbrecher waren verdammt noch mal stärker als der Dackel. Mit miesen Schlägen und Tritten prügelten sie immerzu auf den elenden Wikinger ein, wie er mit dem Gesicht schon das Straßenpflaster spürte.

Inzwischen hatte die moderne Araberin die Flucht zu

ihrem kleinen Sportwagen ergriffen und drückte quiet-
schend aufs Gas. Die Täter konnten sie nicht mehr ein-
holen.

Mit geprellten Knochen und aufgeplatzter Lippe wälz-
te sich Hans Dieterle im Staub. Passierte so was auch
anderen Leuten? War er die Blödsau hier, oder die Welt?
Sein Glauben an die Menschheit sank auf den Null-
punkt. Eingetaucht in rostrosiges Zwielicht kämpfte er
sich wieder auf die Beine, wischte mit dem Handrücken
das Blut von der Mundpartie und humpelte unter einem
verstreuten Häufchen bestürzt tatenloser Augen zurück
zu seinem Chopper.

Immerhin fuhr er nach ein, zwei Stunden im Lichtkegel
seines Schweinwerfers tatsächlich durchs flache Schleswig-
Holstein. In einem doppelstöckigen und doch eher kleinen Lokal unweit der Autobahn, das ungeachtet seiner
metallbläulichen Fassade auch wirklich ein Lokal war,
wollte er noch einmal Rast einlegen.

Unaufdringlich pumpte drinnen aus altmodischen Lautsprechern rockige Musik. Der ramponierte Biker ging
unter etwas gebesserten Schmerzen zwischen ein paar
Tischen hindurch zur Bar mit den schillernden Flaschen-
regalen. Neben ihm saß in Bluejeans und tailliertem Le-
derjäckchen eine wallhaarige Blondine mittleren Alters,
die ein Weizenbierglas vor sich stehen hatte. Doch Hans
Dieterle sah nur auf seine schweren Hände, die sich die
Getränke- und Speisekarte griffen. Endlich hob er den
Blick zu dem ebenso ernst wie freundlich wartenden
Inhaber hinter der Bar, dessen Haare wie mischfarbe-

ner Flachs zu einem Zopf gebunden waren, und fragte: „Kann ich ein Bier trinken?"

„Warum sollten Sie das nicht können? Haben Sie eine bestimmte Vorliebe?"

Hans Dieterle neigte seitlich den Kopf und antwortete, ohne zu wissen, warum: „Ein Weizenbier wäre ganz nett. Und bringen Sie mir bitte Bratkartoffeln oder so. Hauptsache viel."

Der Lokalbesitzer leitete die deftige Bestellung an die Küche weiter und platzierte vor den Durstigen das gefüllte große Glas. Nun drehte sich ihm die Blondine zu. Ihre feste, aber weiche Stimme wirkte so wenig verletzend wie die bordeauxrote Bluse unter ihren unverschlossenen Jackenknöpfen: „Du siehst aus, als wärst du eben mal in den Steinbruch gefallen und wieder rausgestapft."

Er blickte in ihre forschenden Augen, die ganz und gar nicht kalt, sondern gewürzbraun auf ihm ruhten. Von ihrem Hals baumelte ein archaisches Kettchen mit Talisman. „Nicht nur einmal", trank er den Schaum, „ich kann's gar nicht zählen, so viele Steine haben mich liebkost."

„Kommst du aus dem Schwäbischen?"

„Hört man das dem Trottel an?"

„Na, na", rügte sie offenherzig, „mein Vater war Schwabe." Er bat um Verzeihung und fragte einfach: „Was hatte ihn hierher verschlagen?

„Boxer. Er war lange als Boxer im hiesigen Trainingszentrum", trank sie ebenfalls und plauderte weiter: „Er konnte dermaßen viel einstecken, dass seine Gegner vor purer Ermüdung durchs Dreschen k. o. gingen, denn er selber hatte dummerweise kurze Arme. Damals, als ich ein Mädchen war, hatte er meinem Bruder und mir immer versprochen, dass er noch viel mehr Zeit mit uns verbringen würde, wenn seine Karriere erst am Nagel hinge. Aber leider wackelte dann nur noch Brei in seinem Schädel."

Gerührt, beinahe gereizt ließ diese Geschichte über verpasste Chancen den Zuhörenden das halbe Glas leeren. „Du redest, als wärst du 40 Jahre alt oder 54 so wie ich."

„39, danke. Annika heiße ich übrigens, oder einfach Nikki", streckte sie ihm die Hand hin. Er griff sie mit nicht unsanftem Druck: „Hans. Hans Dieterle."

„Schön, dich kennenzulernen, Hans Dieterle. Möchtest du mir nun die Steine beschreiben, die dich im Gesicht und sonst wo getroffen haben?"

Zugleich wurde aus der Küche dampfend der Teller mit Bratkartoffeln gereicht, auf dem sich darüber hinaus ein Truthahnschnitzel und gemischtes Gemüse befanden. Mampfend entschuldigte sich der Altrocker für seinen Heißhunger und erläuterte die Odyssee, warum er mit seiner Harley unterwegs nach Amsterdam zu seiner Tochter war, die er seit zehn Jahren nicht mehr gesehen hatte. Dabei zog er das Foto aus seiner ledernen Brusttasche: „Das ist sie, Chelsie Serina. Damals war sie 14."

„Sie sieht sehr hübsch und schlau aus. Nur weißt du", erklärte Annika und rückte wohlwollend an ihn heran,

„wenn du von Schleswig-Holstein, also von hier aus nach Westen fährst, dann landest du nicht in Holland, sondern im Meer, der Nordsee. Schau", holte sie auf seinen verwirrten Gesichtsausdruck hin ihr Smartphone heraus und rief eine Karte ab, „dich hat das Schicksal ein Stück zu weit nördlich getrieben. Du lässt dich nicht stressen durch moderne Technik, wie?"

„Ich sag doch, ich bin ein schrottreifer Trottel."

„Ach wo, du hast die Geduld eines Zen-Meisters an dir. Nur müsstest du noch üben, besser über dich selber zu denken, nach all den Sachen, mit denen du ohnehin schon geprüft worden bist. Dreh's einfach um."

„Trotteliger Schrott."

Sie lachte. Gleich darauf ließ der Barmann – er hatte anfangs auf Hans Dieterles tief gebeugtem Rücken den Aufnäher gesehen – ein anderes Lied aus den Lautsprechern herausschrubben. Mehrere Gäste sahen herüber; einige sangen mit:

And I can tell by your face,
I'm a total disgrace,
Let me inside your place –
Move over for a damage case!

Hans Dieterles aufgerichtete Miene verklärte sich, unbekümmert darüber, dass er die englischen Texte nie verstanden hatte: „Das siebte Lied auf dem Album *Overkill* von *Motörhead* aus dem Jahre 1979. Nur zu schade, dass Lemmy tot ist."

„Lemmy war schon zu Lebzeiten eine Legende", meinte der Zopftragende, „sterben wird er nie. Wirtschaftsbosse werden vergessen, Generäle werden vergessen, selbst die große Berma gerät in Vergessenheit. Wer ist die Berma? Aber Lemmy Kilmister wird immer ein angesagter Rebell bleiben."

„Er und mein Brüder versäumen als Mit-Organisatoren niemals Wacken", erklärte Nikki dessen kurze pathetische Rede. Mit dem stillen Abglanz der Freude drehte derselbe die Lautstärke wieder herab und nahm den Teller. Hans Dieterle hatte inzwischen aufgespachtelt.

Wurde er letztlich doch verstanden? Er wagte sich kaum einzugestehen, wie sehr ihm diese Blondine gefiel. „Müsste nicht mal bald dein Mann von der Toilette oder so kommen?"

Sie ließ erneut ein Lachen hören, aber diesmal abfällig. „Der setzt bestimmt keinen Fuß in dieses Lokal. Nicht umsonst hab ich die Scheidung von ihm eingereicht, diesem Etepetete-Großkotz."

Ein kleiner Funke unwahrscheinlicher Hoffnung sprang Hans Dieterle ins Herz. Er musste wissen, was für eine Sorte Mann das war, von der sich diese tolle Frau trennte: „Wodurch wird man denn ein … Etepetete-Großkotz?"

„Er ist Arzt, ein Schädel-Hirn-Traumatologe, und ich war bis gestern bei ihm Arzthelferin, nebenbei gesagt kinderlos. Früher oder später werde ich mir irgendwo anders eine Stelle suchen müssen – eher später, denke ich. Nicht dass ich ihm Gemeinheiten nachsagen könnte, nein. Aber wann immer ich zum Beispiel alternative Heilkundige besucht habe, schnöselte er von oben herab, ich solle das Geld nicht ‚Schamanen, Scharlatanen und Co.' in den Rachen werfen. Nachträglich ärgere ich mich nur, dass ich nicht mal mit einem anderen ins Bett oder einfach ins Blaue davongegangen bin, statt jahrelang an der Langeweile wie an Austern zu würgen. Er war ein perfekter Spießer. Ganz anders als du", hob sie ihr Weizenbier so hoch, dass er's wachträumend geradezu durch ihren entblößten Hals rinnen sah.

„Also, ich bin auf keinen Fall abgeneigt, die Sachen möglichst positiv anzugehen. Aber eines kann man nun eben wirklich nicht sagen: dass ich 'ne Schönheit bin, wo ich vor lauter Straßenabgasen und Wald auch noch eine Dusche brauche."

„Auf schöne Männer fahren nur pubertierende oder naive Frauen ab. Was jemanden wirklich attraktiv macht, das ist Charakterstärke, wie du sie in meinen Augen zweifellos besitzt, und duschen lässt sich's im oberen Stock." Ihre aufbauenden Worte stimmten ihn bereits verlegen, als sie hinzufügte: „Hast du was dagegen, wenn ich dich nach Amsterdam begleite?"

„Mich begleiten? Hintendrauf auf dem Motorrad?"

„Na, ich meine doch, dass du 'ne Harley fährst. Ich hatte lange genug die immergleichen Alltagssorgen. Jetzt will ich auch mal neue, echte, unkonventionelle erleben, und du wirst dich über anteilnehmende Hilfe doch kaum beschweren, oder?"

Die Freude hierüber war nach seinen bisherigen Erfahrungen so ungewohnt, dass sie als warmes Gefühl durch seinen Körper strahlte. „Du hast recht. Warum

Grenzen und falsche Regeln akzeptieren? Sind wir freie Menschen oder nicht? Besuchen wir meine Tochter in Amsterdam!", klopfte er das ausgetrunkene Glas auf den Tresen.

Annika hatte bereits zur Übernachtung für ein Fremdenzimmer bezahlt, in dem auch ihr nötigstes Gepäck stand. Doch sie sagte einfach dem Freund ihres Bruders, dass sie auf eines mit Doppelbett umsatteln möchte. Dann schritt sie mit Hans Dieterle nach oben.

Als er mit einem frischen Unterhemd und rotgeprellten Schultern aus dem Bad kam, drückte Nikki in lavendelblauen Dessous ein Knie sanft gegen den Bettrand. Stehend wirkte sie auf ihn groß, jedenfalls so 1 Meter 70, und weder mager noch drall. Sie erschien ihm vollkommen. Dass sie nicht mehr die Hüft- und Bauchpartie einer fitnesshungrigen Jugendlichen besaß, sah er nicht. Dafür forderten ihre zwei Brüste in den samtenen Körbchen ihn wie saftige Pampelmusen zum Hochgenuss auf. Die Erinnerung an die käuflichen Schicksen verwirrte ihn erst recht.

Sie bewegte ihre Lippen: „Mann, zum Glück hab ich Salbe dabei. Du hast wirklich ordentliche Blessuren davongetragen."

„Danke. Ähm, du siehst schon fast zu hinreißend aus, Nikki. Ich weiß nicht, ob ich's noch wie ein junger Bock zum Stehen bekomm."

Schmunzelnd löste sie ihr Knie und trat dicht an ihn heran. „Hier geht es doch nicht um Leistung, hier geht es um Nähe. Komme, wer kommen will. Außerdem beherrsche ich wohltuende und tantrische Massagen ..."

Sie schliefen befriedigt danach ein. Morgens stutzte Annika ihr Gepäck abermals zusammen, indem sie schlicht manches auf unbestimmte Zeit daließ und einen einzigen vollgepfropften Rucksack für sie beide hintendrauf schnallte, bevor ihr der Lokalbesitzer mit den besten Wünschen noch einen Helm gab. Endlich spürte auch die Harley wieder einmal die warmen Innenschenkel einer Frau, die ihre Arme um den schweren Fahrer schmiegte. Dadurch drosselte sich die Geschwindigkeit zwar auf 120 bis 130 Stundenkilometer, doch Hans Dieterle gab einfach neuerlich Vollgas.

Wie der Wind fuhren sie nahe den deutschen und friesischen Deichen entlang auf die Hauptstadt der Niederlande zu. Aber was, wenn seine erwachsen gewordene Tochter wie die Mutter wäre?

Als sie nach einer Rast ins urbane Straßennetz vordrangen, fanden sich die beiden von einer aufmarschierenden Menschenmenge umschlossen, die bunt vorm Körper niederländisch oder englisch beschriftete Schilder trugen wie: „Wenn braune Menschen dumm sind, dann spare nicht für einen sonnigen Urlaub, Rassist!" Unangemeldet hatten sie wie aus dem Nichts die Kreuzung verstopft, so dass neben lahmgelegten Autos mittendrin Hans Dieterle und Annika etwas sprachlos vom Motorrad abstiegen.

Ein lustig faustender Student, den ein restlos urzeitlicher Bart schmückte, versuchte es erst mit einem „Greet,

104

Neo-Hippies en wie behoort". Dann wechselte er ins Hochdeutsche über: „Kein Weg ist zu weit, um Wilders und den Geizhälsen zu demonstrieren, wer hier die Intelligenten sind, nicht? Freunde!"

Amsterdam

Sie senkte die zuckenden Lider über ihren kristallblauen Augen, um das kantige weiße Zimmer inexistent zu machen, das recht ausgefallen in dem schmalen länglichen Altbau wirkte. Aber der unter ihr liegende Mittdreißiger hatte eben einen heiklen Geschmack, und wessen Schuld war das?

Chelsie schob nun ihre schlanken Hüften reitend nach vorne, nach hinten, statt sich auf und nieder zu bewegen, wodurch sie am strammen Schaft viel besser ihre feuchte Klitoris aufpeitschen konnte. Ihr nicht mehr blondgehaltenes, sondern kastanienbraun gefärbtes Haar züngelte auf ihrem hüpfenden Busen wie Flammen. In diesem Augenblick fummelten die meisten Männer zu viel an ihr herum. Sie legte die markanten Hände ihres Bettgenossen an ihre gespannten Schenkel und konzentrierte sich auf die heranwallende Zuckerverbrennung ihrer Gefühle. Scharf stöhnte sie zu guter Letzt auf, und noch einmal lauter, und der Orgasmus ließ sie die kurzen Nägel in die dünnbeharrte Brust krallen.

Ohne in Abkühlung zu stürzen – wann war sie jemals trotz allen Überlegungen ganz abgekühlt? –, stieg sie von ihm herunter, streifte im Bett kniend mit ihren

Zähnen das Kondom ab und lutschte. Absichtlich saute sie ihn dabei mit Speichel voll. Er keuchte: „Zwei Wochen lang hab ich nach unserer letzten Begegnung davon geträumt, dir deinen kessen Mund zu stopfen. Benutze ihn weiter, schön weiter, ich fühl es gleich sprudeln …!" Sie tat ihm den Gefallen und fertigte ihn rhythmisch schluckend bis zum letzten Melktröpfchen ab.

Mit einem dankbaren Seufzer entschuldigte er sich ins Bad, wie Chelsie es vorhergesehen hatte. Sofort schlüpfte sie in ihre Jeans und ihr Langarmshirt. Unterwäsche sparte sie sich. Dann griff sie leise in die abgelegte Herrenkleidung überm Stuhl, zog aus einem ledernen Portmonnaie sämtliche Scheine und stopfte sie in ihr violettdunkles Handtäschchen. Sie huschte in ihre Schuhe mit niedrigem Absatz, während sie sich das etwas schäbig gewordene Mäntelchen überwarf, öffnete die Wohnungstür und klemmte noch beim Verschwinden eine metallgoldige Spange in ihr Haar.

Auf dem spätnachmittäglichen Gehweg am dahinbiegenden Flusswasser entlang, das ewig dem Schoß des Meeres zutrieb, strebte Chelsie in dynamisch abgemessenem Schritt zum Rembrandtplein. In diesem Teil der Innenstadt amüsierten sich so viele Leute, Einheimische wie Fremde, dass nur sehr klugen und sehr dummen Köpfen der Gedanke weniger absurd als logisch erschiene, ausgerechnet dort nach ihr zu suchen. Ironischerweise war übrigens ihr Fahrrad gestohlen worden, und das in Amsterdam, wo doch so gut wie jeder eines besaß. Dessen ungeachtet schritt sie in einen kleinen Supermarkt, um ihren Mund anschließend mit gekauftem Heidelbeer-Grapefruitsaft zu spülen, und zudem in eine Boutique. Dort erschwang sie sich ein schickes neues Mäntelchen, das zu ihrer Handtasche passte. Ihr altes schenkte sie an einer sonnenverlassenen Hausecke niederkniend einer gerührten Bettlerin.

Sowie ihre Schuhe wieder flach auf das Kopfsteinpflaster klacken wollten, hielt neben ihr eine schwarzglimmende Limousine, zog sie herein und rauschte weiter.

Nachdem Annika der herbeigesirrten und teils steinebeworfenen Polizei mit Erfolg erklärt hatte, dass sie keineswegs zu den Demonstranten gehörten, wurde das Paar neben anderen Friedliebenden aus dem Mob herausdirigiert. Staunend blopperten sie daraufhin mit dem Motorrad durch die Stadt.

Hans Dieterles Idee, sich einfach zu seiner Tochter durchzufragen, bezeichnete Nikki höflich als „etwas chancenarm". Stattdessen schlug sie vor, zum Einwohnermeldeamt zu fahren.

Doch die Angestellten dort wollten ihnen recht bockig keine Auskunft geben. Darum versuchten sie es schlicht auf der städtischen Universität.

Hallend gingen sie in Jeans- und Lederklufft an den geschlossenen Hörsälen vorbei zur Tür des Universitätssekretariats, um dort zu klopfen. Als sie andere Schritte hörten, die scheinbar für einen Moment zögerten, drehten sie sich um. Grüßend erblickten sie einen hochgewachsenen Herrn mit Halbglatze und hellem Anzug, den oberhalb der Körpermitte lediglich ein Manschettenknopf über einem gedeckt khakifarbenen Hemd zuhielt.

„Guten Abend", erwiderte er auf Deutsch und trat mit ebenso interessiert wie skeptisch geneigtem Kopf näher, „das Sekretariat hat geschlossen. Ich bin Professor van Steen. Vielleicht kann ich Ihnen helfen?"

„Ja, ich bin Hans Dieterle Wohlfart", hob der Biker an. Die tiefsinnig frischen und gütigen Augen des Professors kniffen sich kurz zusammen. Dann fuhr jener fort: „Ich suche meine Tochter, Chelsie Serina Wohlfart. Sie ist nach Amsterdam gezogen, um hier zu studieren. Kennen Sie den Namen zufällig?"

„Ich kenne Chelsie tatsächlich. Sie hat bei mir ihren Abschluss in Philosophie gemacht. Ein Jahr ist das her – ganz fragwürdig brillant wie ein Salto mortale", ließ der hochgebildete Niederländer ihn wissen. Eine Philosophin war seine Tochter! Selber wurde er um Belehrung gebeten: „Darf ich fragen, warum Sie auf der Suche nach ihr sind?"

„Na ja, weil ich eben als Vater bisher nicht den besten Kontakt zu ihr hatte."

Van Steen nickte scheinbar verständnisvoll. „Und Sie sind die …?", schaute er zu Annika.

„Die Freundin", tippte sie ihre Hüfte an Hans Dieterle heran. Dieser hatte noch nie mit einem Professor gesprochen und freute sich, dass es gar nicht so kompliziert war, dabei zu Ergebnissen zu kommen: „Können Sie mir auch sagen, was Chelsie jetzt macht und wo sie wohnt?"

Langsam schüttelte der Akademiker den Kopf. „Leider nein."

Hans Dieterle fühlte sich von plötzlicher Enttäuschung niedergedrückt. Dagegen bat Annika den anderen zum Schluss herausfordernd: „Geben Sie uns beiden Unwissenden doch einen Rat, Herr Professor van Steen, wie man das angeht. Wie finden wir Chelsie am besten?"

Ein bedauerndes Lächeln umspielte dessen Lippen. „Glauben Sie nicht, dass ich jemals über Sokrates oder Doktor Faust hinausgekommen wäre. Ich weiß lediglich meine Studenten so lange an der Nase herumzuziehen, bis auch sie nichts mehr wissen. Aber ich wünsche mir nichts sehnlicher als das Ende aller Entzweiung, aller Verwirrungen. Darum bleibt mir nur zu sagen, dass mich die Bekanntschaft mit Ihnen, dem Vater von Chelsie, sehr gefreut hat. Ich muss los, auf Wiedersehen", verabschiedete er sich.

Als sie erneut beim Motorrad nahe dem dämmernden Campus standen, meinte Annika: „Ob Medizin, ob Philosophie oder Politsprücheklopferei, die Typen piepen doch alle nicht normal."

„Ehrlich gesagt", überlegte Hans Dieterle, „erscheint er mir fast noch am normalsten von allen, denen ich begegnet bin. Aber was machen wir jetzt?"

„Das, was wir von Anfang an hätten tun sollen und ein moderner Mensch immer macht, wenn er rein nix weiß: Er befragt seinen Gott Google", holte sie wieder ihr Smartphone heraus und tippte den Namen ein, „Chelsie Serina Wohlfart … Da, schau! Eine Adresse auch noch gleich in der Innenstadt, wo nur die Reichen wohnen können, nicht weit von diesem Rembrandtplein entfernt."

„Ha", setzte Hans Dieterle schon seinen Helm auf, „dann mittenrein ins Paradies!"

„Fahr im Kreis", raunte der akkurat schwarzhaarige Mann verbissen seinem Chauffeur zu, um Chelsie hinter den uneinsehbaren Fenstern auf der cremeweißen Rückbank die Kleidung herunterzuziehen. Im ersten Moment hatte sie sich wie aus Instinkt gewehrt, bis sie dachte: Warum eigentlich? Ich kenn die adrette Schmeißfliege doch. Warum soll ich wie festgeschleimt hier zappeln, statt mich aufzublättern wie die Venusfalle?

„Ah", knöpfte er sich mit einer Hand selber auf und befummelte sie, „so ist's recht, du gerissenes Früchtchen."

„Was soll der Zirkus, Raffael? Warum meldest du dich nicht einfach, wenn du mich ficken willst?"

Raffael war ein aufstrebender Politiker, der zusammen mit einer Journalistin einen sechsjährigen Sohn hatte. Womöglich hing sie spätabends immer so abgeschlappt im Bett, dass er nicht mehr auf seine Kosten kam.

„Wenn ich es nicht eilig anpacke und dir Zeit lasse, dann fehlen plötzlich wieder 5000 Euro. Außerdem muss ich ständig zu Terminen, wie du weißt." Seitwärts griff er einen nackten Fußknöchel. „Tut mir leid, dass unter dir dein schöner Mantel zerknüllt. Neu, nicht wahr?", stieß er in Chelsie hinein, die dank ihrer vorherigen starken

Erregung noch nicht ganz getrocknet war und mit dem Nacken allerdings gegen die Innenseite der Limousinentür gedrückt wurde.

Fingernd verstellte der Chauffeur seinen Rückspiegel, was sie mit einem kurzen Lächeln taxierte. „Kannst du deinen Schwanz nicht ein bisschen fester in mich rammen?", zog sie dann Raffael auf. „Wie willst du sonst den ganzen Frust und die höfliche Speichelleckerei abbauen?"

„Allerdings, verflucht", knutschte er sie mit brutaler Inbrunst ab, „gemessen an den Schmiergeldern der Wirtschaftsbosse sind deine kleptomanischen Ungezogenheiten nur Peanuts, keine Frage. Hrmh! Hrmh! Hrmh! Trotzdem bist du pikanter als die teuerste Nutte."

Nicht dass er noch über Körper oder Haare spritzen will, dachte Chelsie. „Und da hast du dir mal einen kostenfreien Bon auf mein klitschfreches Allerheiligstes erjagt? Ja, härter, noch viel härter, sonst hilft's nicht! Die Sahne muss reinknallen wie Fugenkleister", stachelte sie ihn an.

Rasch zog die Wirklichkeit der Vorstellung nach und Raffael mit einem absinkenden Knurren wieder aus ihr heraus. Wegen seiner vergewaltigungsnahen Aktionen hatte sie bereits einen Aids-Test gemacht, und glücklicherweise blieb sie gesund. „Halte dort vorne an der Ecke", befahl er dem stillschweigenden Fahrer.

Zwischenzeitlich flocht sich Chelsie wieder in ihre paar Klamotten hinein. Doch als sie die Hand auf den Türöffner legte, hielt sie der noch agile Politiker kurz zurück: „Das war alles Zufall. Du verstehst? Benimm dich auch immer weise und hübsch anständig."

„Klar, tschüss", stieg sie aus.

Vorbei an flunkernden Lichtern und verschiedengestaltigen Passanten ging sie den Rembrandtplein entlang. Um sich zu säubern und ihrem leeren Magen abzuhelfen, betrat sie mit umgehängtem Täschchen ein Lokal.

Sie preschte zwischen den trinkenden und schwatzenden Leuten hindurch gleich zur Toilette. An der Bar saß neben einer stiefelettentragenden Blondine ein gebeugter Biker mit rockigem Patch auf der Lederjacke. Genau wie mein Vater, stutzte die 24-Jährige, wie er, der in seinem Allgäu das Werden aller Dinge verpennt. Hinter ihr schwang die weiblich beschilderte Tür.

Hans Dieterle und Annika schlürften naturtrüben Apfelsaft, der ihnen heute Abend sehr kulturpessimistisch mundete. Tatsächlich hatten sie erkennen müssen, dass auch das vermeintlich allwissende Google irrte. Denn nirgends auf dem Klingelschild der herausgeschnellten Adresse war Chelsies Namen zu finden gewesen. „Wir können doch nicht einfach wieder nach Hause fahren", drehte Hans Dieterle sein Gesicht seitlich Nikki zu. Sie tippte rhythmisch mit dem harten Nagel ihres Mittelfingers auf das lackierte Holz, schaute umher und antwortete: „Wo ist das überhaupt? Ich bin mittlerweile so schlau wie der Professor."

Aus der Toilettentür trat Chelsie. Ach du Scheiße, verengten sich ihre kristallenen Augen, die Erscheinung da *ist* mein Vater. Was sucht er hier? Die hellmähnige Frau,

die mich so anstarrt, kann doch unmöglich seine Erobe-
rung sein? Mein Vater, der Eigenbrötler, dem ich alles
Mögliche sagen wollte ... früher. Ich musste es verdrängen, ich musste es vertagen. Spätestens heute ... würde
er mich sowieso nicht mehr begreifen. Wie hat Mutter
ihn von ihrem Schablonenbürgertum herab gerne be-
schimpft? Ein hirnamputierter, alter Saftsack sei er. Bin
ich etwa in eine berüchtigt liberale Stadt gezogen, um
mir geleckte und getackerte Wunden ewig aufreißen zu
lassen? Ich muss schnurstracks aus diesem Lokal verschwinden.

„Schau mal, ist sie das nicht?", stieß Nikki ihn an.
Hans Dieterle fühlte sich wie vom Schicksal hochgewir-
belt. Ja, das war trotz allen Veränderungen seine ein-
malige Tochter, die da ging. „Chelsie!", rief er, „ho,
Chelsie!", sprang er rumpelnd auf.

Jetzt nicht stehen zu bleiben, das erschiene zu arro-
gant und hartherzig, drehte sie sich schon nahe dem
Ausgang wieder um. Sie war ein Stückchen kleiner als
Annika, die ihren Hocker ebenfalls verlassen hatte. Sofort packte Hans Dieterle seine Tochter für eine her-
zenden Umarmung, als wäre sie noch 14 Jahre alt und
er der verschlittete Weihnachtsmann. „Wer sagt's denn",
ließ er sie im Triumph endlich wieder los, „wie geht
es dir?"

Doch Chelsies Blick wirkte wie ein Guss laues Wasser.
„Lange nicht gesehen, Papa. Ist deine Frage rhetorisch
gemeint? Wenn du einen Coffeeshop suchen solltest,
dann bist du noch nicht ganz am richtigen Ort."

„Ich, nein", stammelte er, „hab dich gesucht. War gar nicht so leicht. Deine Mutter hat mir gnädigerweise einen Tipp an den Kopf geworfen. Du … hast dich für eine ähnliche Haarfarbe wie sie entschieden?"

„Ja, so definiert sich Ironie." Auf Teufel komm raus wollte Chelsie mit ihrem überforderten Vater kein Mitleid haben. Sie schaute geradewegs die amulettgeschmückte 39-Jährige an: „Wer bist du?"

„Annika", grüßte sie voll milder Handfestigkeit, „ich hab deinen Vater unterwegs kennengelernt. Schön, endlich auch dir zu begegnen. Wollen wir uns nicht zu dritt an einen Tisch setzen? Vermutlich interessiert dich das Wie und Warum."

Ich seh wohl neugierig aus, dachte Chelsie. Nun gucken mich auch die anderen Leute schon wieder zweifelhaft an. Tu ich ihnen eben den Gefallen. „Gut, nur auf die Toilette zu gehen, wäre sowieso nicht sehr höflich gewesen."

Hans Dieterle und Annika nahmen ihren Apfelsaft an einen freien Tisch. Immerhin einigte sich Chelsie mit ihnen auch darauf, dass sie alle einen Imbiss vertragen konnten, und selber bestellte sie süffige Linguine. Beim Essen fasst ihr Vater dann seine chaotische Tour bis zum gescheiterten Auffinden ihrer Adresse zusammen.

„Hier in der Innenstadt wohn ich nicht mehr. Die Mietpreise sind unverschämt", sog sie mit ihrer nachhelfenden Gabel verärgert die Nudeln ein und sann nach. Der liebe van Steen hat ihnen also nichts verraten. „Aber was denkst du dir nach den ganzen Jahren dabei,

Papa? Weißt du eigentlich, wie sehr ich unter dem völlig unsolidarischen Verhalten und Nicht-verstanden-werden gelitten habe? Übrigens nicht nur von dir. Du kommst hierher, wie andere einen zerfledderten Lotto-schein ausfüllen, was ich dir ehrlich gesagt nicht zuge-traut hätte, und nun?"

„Nun ... will ich dir sagen", hob er den Blick von seinen letzten Röstzwiebeln und dazu ziellos den stäm-migen Arm, „dass es mir aufrichtig leid tut." Krachend zersplitterte das Glas auf dem nass werdenden Boden.

Chelsie seufzte voller Schmerz. Mein Vater, beschwich-tigte sie sich, ist im Grunde ein sehr netter Kerl. Was kann er schon dafür, dass er den Knall erst sieht, wenn die Scherben daliegen? „Ist schon gut, Papa. Macht nichts."

Ein Kellner war bereits mit einem schwenkenden Lap-pen und Handbesen herbeigeeilt. Als er wieder aufstand, tröstete auch er Hans Dieterle, dass es doch nicht der Rede wert sei.

„Aufgrund einem momentanen Geldsegen übernehme ich die Rechnung", erklärte die Tochter ebenso beiläufig wie deutlich vernehmbar.

Annika interessierte sich: „Was macht denn eine Phi-losophin so?"

„Das", bot Chelsie an, „erzähle ich euch zu Hause. Ihr könnt bei mir übernachten. Am besten, Papa, du lässt bis morgen dein Motorrad hier stehen und wir fah-ren alle zusammen mit den öffentlichen Verkehrsmitteln. Einwände?"

„Natürlich nicht", freute sich Hans Dieterle.

Die surrende Straßenbahn war mit müden Angestellten, Jugendlichen und mehrdeutigen Personen nahezu voll. Chelsie wohnte nun in dem Bezirk Nieuw-West, der sich nicht sehr stark von anderen Großstadtvierteln unterschied.

Ihrem Vater zuliebe drückte sie beim Lift den Knopf, um im siebten Stock einen kleinen Schlüsselbund klimpern zu lassen: „Vorsicht in der Diele, da schwingt von der Decke manchmal ein Brett" – schon fing sie es im angeknipsten Licht ab – „herunter. Wir können die Köpfe wieder aus den Schultern herausziehen." Sie kletterte auf eine Kommode, um es erneut oben anzudrücken.

„Warum nagelst du es nicht richtig fest?", wunderte sich Annika. Nicht gerade über die schlechteste Partnerin ist mein Vater da gestolpert, schaute Chelsie die beiden an. Herabhüpfend behauptete sie: „Um konzentriert zu bleiben."

Wo normalerweise ein Fernseher thronte, stand bei ihr nur ein Bücherregal, auf dessen breitem Holzrahmen hellrot federbeschriebene Zettel mit Zitaten klebten. Ihre Zwei-Zimmer-Wohnung wirkte weder schäbig noch schick, nicht unaufgeräumt und nicht blitzeblank, irgendwie als entzöge sie sich einer simplen Bestimmbarkeit. Nur für Hans Dieterle war alles unwiderlegbar toll. Eine metallicgraue Couch lud mit weichen Polstern zum Sitzen oder Liegen ein.

„Ziehen wir sie aus. Hier hab ich sogar noch 'ne Kuscheldecke für euch", übergab Chelsie, als ihr Handy klingelte: Professor van Steen. „Ich geh mal geschwind ins Schlafzimmer, entschuldigt."

Darin stand ihr Bett halb verloren mit 1 Meter 20 in der Breite. Wie nicht schwer zu erraten war, berichtete der Professor von der Begegnung mit ihrem Vater, den er als „eindrücklich" bezeichnete. Er fragte Chelsie, ob sie sich für selbigen schäme, und sie verneinte das: „Ums Schämen geht es nicht."

„Offen gesagt", ließ van Steen sie wissen, „hätte ich mich ursprünglich gerne mit dir verabredet, aber jetzt –"

„Das Ursprüngliche kann doch bleiben. Warten wir's ab. Heute erzähle ich ihnen nicht mehr, was ich ‚mache'. Ich ruf dich aber morgen zurück, in Ordnung?"

„In Ordnung."

Diese Verbundenheit bedeutete keineswegs, dass Chelsie nicht auch van Steen beklaut hätte. Doch warum genau? Diese entscheidende Frage blieb für ihn lange ein Rätsel. Trotzdem war der Professor dazu übergegangen, ihr das Geld freiwillig zuzustecken, und zwar aus Respekt niemals in sexuellen Zusammenhängen. Große Zusammenkünfte und Festivitäten bildeten für ihn hundertmal mehr eine Unbequemlichkeit.

Doch der idealistische Romantiker van Steen wusste sehr genau um die praktisch notwendige Kompromissbereitschaft mit dem Dasein. Alle Denker versuchte er davon abgesehen gleichermaßen zu würdigen. „Ob Platon, ob Descartes oder der wegweisende Immanuel Kant", pflegte er zu dozieren, „in allen philosophischen Systemen können wir letzte ungereimte Brüche finden, die sich mit der uns bekannten Realität nicht vollkommen decken. Erst im Verlaufe des 19. Jahrhunderts haben Kierkegaard und Nietzsche eingesehen, dass sich die Mannigfaltigkeit des Lebens überhaupt nicht in eine starre Ordnungstafel pressen lässt, wenngleich ihre relativistisch-postulierende Art des Sagens andere Probleme birgt." Ja, an all diese Worte erinnerte sich Chelsie genau: „Selbst die größten Philosophen bleiben der Wirklichkeit also einen Restbetrag schuldig."

Schnell hatte sie aber entdeckt, wer insgeheim seine Lieblinge waren − sie und Schelling. Ausgerechnet dem deutschen Naturphilosophen, der als sonderliches Treppenstüfchen zwar einen festen Platz in allen Lehrbüchern und dennoch kaum nacheifernde Schüler gefunden hat, fühlte sich der Professor geistig am meisten verwandt.

Dabei erfreute er sich als verheirateter Mann auf seine stille Weise an zwei Kindern, einem adoptierten und mittlerweile in der Pubertät flunschenden Mädchen mit dem Hautton von Milchkaffee sowie einem „leibeigenen" Sohn, wie er hinter vorgehaltener Hand scherzte. Denn der Professor bezweifelte stark, ob die Möglichkeiten der Demokratie faktisch ausgeschöpft wurden oder nicht vielmehr auch hierzulande die trügerische Macht des Besitzdenkens regierte.

Seine wirtschaftlich tätige und freundliche Ehefrau war von ihrem Wesen her nicht unspritzig, aber sehr geradlinig mit so erfolgreich versteckten Minderwertigkeitskomplexen, dass sie sich in dieser Hinsicht schon selber nicht mehr kannte. Als sie die Affäre mit „irgendeinem dreimalschlauen Studentenkätzchen" erschnuppert hatte, verletzte sie ihn und sich immer weiter durch ihre bissige Eifersucht. Bis sie zu ihrer großen Verwunderung von der Tochter angeschnauzt wurde: „Merkst du es nicht? Papa hat seinen Lebensmittelpunkt hier bei uns. Selbst die griechischen Götter suchten am Rande 'ne erfrischende Abwechslung, und wir sind Menschen. Wenn jemand die Familie nun kaputt macht, dann bist es du mit deinem ewigen Gezeter."

Chelsie rieb sich die Augen. Was spielt es in meinem Einzelfall schon für eine Rolle, ob man mich mag oder nicht?, ging sie barfuß nach dem gestrigen Abend leise ins Bad. Ich kann alles sagen, was ich will, Erhabenes, Ordinäres, die ungeschnörkelte Wahrheit, einfach alles.

In diesem Sinne weckte sie mit flachem sanftem Handklopfen gegen das Gesicht ihren Vater, der noch neben der schon munteren Schleswig-Holsteinerin auf dem ausgezogenen Behelfsbett geschlafen hatte. Chelsie bezeichnete dies als „Guten Morgen" und ließ die zwei den Rucksack ausweiden. Eine knappe halbe Stunde später brühte sie Tee auf.

Sie bat ihre Gäste, sich an den Küchentisch zu setzen, während sie selber mit dem purpurbläulich dampfenden Tasseninhalt stehen blieb. „Um also auf eure Frage zurückzukommen: Als arbeits- und mittellose Akademikerin bestreite ich meinen Lebensunterhalt dadurch, dass ich ein Bündel teils wechselnder Liebhaber bestehle."

Ihr Vater runzelte die Stirn.

„Das ist nicht ohne", bemerkte Annika, die scheinbar

in ihrer Entscheidung schwankte, ob sie die Sache nicht eher amüsant finden sollte. Irgendwie musste Hans Dieterle an den weißroten Motorradraser mit seiner benzinpumpenden Tussi denken, die ihrerseits eine Schröpfkur verdient hätten. Er kehrte seinen Stuhl schabend in eine bessere Perspektive zu Chelsie: „Und deine Rechtfertigung? Wie versteht sie sich?"

„Oh, es moralisch zu rechtfertigen, ist nicht das Problem." Getrost und rasch schlürfte sie mit spitzen Lippen ein viel zu heißes Doppelschlückchen. „Immanuel Kant formulierte das Sittengesetz in seiner ‚Kritik der reinen Vernunft' mit dem vielbeachteten – rein theoretisch vielbeachteten – kategorischen Imperativ, der lautet: ‚Handle so, dass die Maxime deines Willens jederzeit zugleich als Prinzip einer allgemeinen Gesetzgebung gelten könne.'

Wirbt nun eine Gesellschaft mit nicht mehr rentablen Studienfächern", fuhr Chelsie auslegend fort, „dann ist es im Prinzip nur recht und billig, wenn die Maxime eines individuellen Willens die erfahrungsgemäßen Gesetze zwecks allgemeineren zu transzendieren versucht. Außerdem stehle ich ja keinesfalls die Dinge an sich, sondern nur unsere Vorstellungen davon, Euro-Symbole. Es von diesem Zipfel her zu falten, rät die gesunde Kasuistik." Was ich mache, ist gegenüber meinem Vater fies, dachte Chelsie. Arglos hat er mich im Guten aufgesucht, und nun muss ich ihm gegenüber herausstreichen, dass ich mich auf einer ganz anderen Ebene befinde. Sie strickte ihre Rede weiter:

„Zugegeben, unser aufgeklärte Kant hat aus seinem preußischen Hut ein puscheliges Kaninchen nach dem anderen gezaubert, will er doch im Ernst nahelegen, dass Pflichtgefühl und Freiheit auf dasselbe hinauslaufen. ‚Du kannst, denn du sollst', nennt sich für ihn der Beweis. Als verstünde nicht jedes Kleinkind mit seinem Geplärre a priori, wie viel Unsinn dahintersteckt.

Der von Schopenhauer unermüdlich als ‚Windbeutel' beschimpfte Hegel zog bekanntlich diesen Zauberhut nochmals schwindelerregend in die Höhe, bis ihn Karl Marx kräftig abgeklopft und umgedreht hat. Reell einsichtig werden diese ganzen philosophischen Produktionsverhältnisse aber erst an Horkheimer, der mit dialektischen Fingerbewegungen in seinen frühen Schriften dem weltberühmten Proletarieranwalt den Bart krault und später tüchtig daran rupft.

Gerechtigkeit und Freiheit sind nämlich entgegengesetzte Begriffe. Es gibt immer nur das eine oder das andere, sagt Horkheimer. Tatsächlich können wir nicht um der Gerechtigkeit willen alle Menschen gleichschalten und dann zutreffend behaupten, jeder sei frei, seines Weges zu gehen. Darin liegt ein offensichtlicher Widerspruch. Nichtsdestoweniger bemüht sich die Demokratie seit der griechischen Polis um nichts anderes als diese Balance.

Wie man's dreht und wendet: Ich selber entscheide mich eben solchermaßen für die Freiheit, dass ich den Übergerechten noch immer ihr finanzielles Gewissen erleichtern kann."

Hans Dieterle hatte in den vergangenen Tagen ja allerhand gehört, aber seine Tochter schoss wie der Kolibri über alle hinaus. Mit hochgezogenen Augenbrauen fragte Nikki schließlich: „Sind wir wieder an Land?"

„Ja", öffnete Chelsie nebenbei ihren Gefrierschrank, in dem geschälte folienverpackte Bananen, Blattgemüse und ein beschrifteter Kanister ‚Linseneintopf' zu sehen waren, aber nur ein oder zwei aufbackbare Brötchen. Sie drückte die kalte Tür wieder zu, um sich mit ihrem schlanken und doch sinnlichen Becken gegen den Herd zu lehnen.

„Und du wurdest nie mit einer Anzeige geknebelt?", trank Annika.

„Einmal musste ich gerichtlich Strafstunden ableisten, mehr nicht. Denn die meisten Männer betrachten mich als geliebte Feindin, wobei es mir geglückt ist, den Akzent mehr oder weniger auf ‚geliebt' zu platzieren." Chelsie klärte im Zuge dessen ihr Verhältnis zu Professor van Steen auf. „Mehrere andere wollen sich aber ihr Geld zurückfingern, das ich längst wieder dem Wirtschaftskreislauf anheimgegeben habe, und nehmen mich gerne in die Zange."

„Wie hoch ist denn die Gesamtsumme?", rutschte Hans Dieterle mit der gehenkelten Tasse in seiner Hand auf dem Stuhl hin und her.

Chelsie rechnete im Kopf. „Für die letzten Jahre … so 135.000 Euro." − „135.000 Euro!", echote es.

Sie rechnete weiter: „Minus 55.000 durch nicht-identifizierte Hackerangriffe. Dabei habe ich Trojaner auf die

Tablet-PCs von einigen Typen gespielt, um mir Waren über deren Konto an eine Packstation liefern zu lassen. Minus 20.000 durch namenlose One-Night-Stands mit Touristen. Ich hab mich dafür so reizend geschminkt, so reizend frisiert, dass ich schon gar nicht mehr ich war. Der Umstand, dass die kein echtes Interesse an der Frau hatten, die sie einfach nur bumsen wollten, kam sie eigentlich nicht teuer genug zu stehen. Bleiben rund 60.000 Euro an acht Liebhaber zurückzuzahlen."

Hans Dieterle wollte endlich für seine Tochter dasein, aber … „Wo sollen wir dieses Geld nur herholen? Ich bin genauso arbeitslos wie du, und das ganz ohne Kant und wie sie heißen." Vor lauter Unruhe war er von seinem Stuhl aufgestanden. „Was sagt denn deine Mutter zu dem allem?"

„Mutter? Tss, meinst du, ich ruf sie jedes Wochenende an, um ihr mitzuteilen: ‚Übrigens, ich hab wieder einen Kerl abgevögelt und Diebin gespielt, so weit alles bestens'?"

Ein Kichern durchbrach Annikas ernsten Gesichtsausdruck. Doch der schwarzgekleidete Schwabe watete grübelnd in der Küche umher: „Was, wenn ich dich einfach wieder heimbringe?"

„Mal ganz davon abgesehen, ob ich so was überhaupt will, bleibt zu bedenken: Wenn du mich zufällig hier gefunden hast, dann können mich diese Knallfrösche nicht ganz unzufällig auch anderswo finden." Chelsie machte einen Schritt zur Spüle hinüber. „Komm, das alles erscheint nur dir oder euch etwas plötzlich, aber der

Zustand ist keinesfalls neu, sondern für mich gewohnter Alltag. Darum hab ich auch noch eine Idee in Reserve. Ich schlage also vor – wir frühstücken erst mal in der Innenstadt."

Gemeinsam fuhren sie mit der Straßenbahn zurück in die Nähe des Rembrandtpleins. Sie aßen bei Star Bucks, allerdings nicht Muffins, sondern knusprige und mit salatgrün-schmatzbraunen Schichten gestemmte Toast-scheiben.

„Also", flüsterte Chelsie, „ich hab mich bei mir selber versichert und weiß, wo wir das Geld herkriegen. Nicht die Männer, sondern ich als Frau besitze zur Abwechs-lung insgeheim aufgenommene Pornovideos von ihnen und mir. Denn ich habe keinen Ruf zu verlieren, sie schon. Vor allem befindet sich unter ihnen auch ein geschmierter Politiker, Raffael, und der hätte mal eine kleine Erpressung verdient."

„Durchtrieben, aber die Idee gefällt mir", tupfte Anni-ka Soße von ihren Lippen. Hans Dieterle fand aus dem Staunen nicht mehr raus. Das schmeckte ganz fraglos besser als hartrindiges Brot und Blumenwasser. „Nur", steuerte er essend bei, „mit Erpressungen hab ich per-sönlich keine Erfahrung gesammelt. Wie stellen wir das an?"

„Na, wozu haben wir uns den technischen Fortschritt denn geschaffen? Ich schicke Raffael einfach einen fünf-sekündigen Ausschnitt und schreibe ihm als Liebesgruß, dass der ganze gespeicherte Clip 60.000 Euro kostet", bediente Chelsie gleich am Tisch mit flinkem Daumen ihr Smartphone. „Wusstet ihr übrigens, dass Sigmund Freud den werkzeugherstellenden Homo sapiens einen Prothesengott genannt hat? Nun, das Smartphone ist nichts anderes als eine Gehirnprothese. Was aber passiert, wenn beispielsweise ein Mensch mit einem gesunden Bein andauernd eine Art Superstütze benutzt? Er kann nachher wirklich nicht mehr laufen. Degeneration und Depravation sind unumgänglich.

Ungeachtet dessen, dass Oswald Spengler das digitale Phänomen nicht kannte" – sie unterbrach nochmals das Eingeben und nahm einen Happen –, „hat er in seinem Buch ‚Der Untergang des Abendlandes' sehr genau die Entwicklung überreifer Kulturkreise beschrieben. Vermassung, Technisierung, Automatisierung treten ein. Die Intelligenz wird immer abstrakter, instrumentalisierter und zugleich wirkungsloser. Jede tiefere Schöpferkraft erstickt in roboterhafter Routine. Der Mensch wird entseelt, und das Dasein problematisiert sich bis zur Sinnlosigkeit. So wie Amsterdam auf Pfählen im Morast erbaut wurde, so haben wir daher die besten Chancen, im Laster zu ersaufen. – Mal schauen, wie die Politik auf ihren Schlamassel antworten will", steckte nach der gesendeten Mitteilung die junge Philosophin ihr Smartphone wieder ins Täschchen. Leutselig hob sie endgültig den Kopf: „Wie du siehst, Papa, hast du mit deinem Teil-Aussteigertum vollkommen recht."

Als alle drei ihr amerikanisiertes Frühstück vertilgt hatten, schlug sie ihren Besuchern vor, zunächst einmal für die Mast des eigenen Kühlschranks einzukaufen und nebenbei den Stadtkern zu besichtigen. Über verschiedene Brücken hinweg bummelten sie durch den berühmten Grachtengürtel, einem mehrfachen Halbring aus Kanälen, den einst das seefahrende Amsterdam zu direkten Güterbelieferung der Handelshäuser angelegt hatte. Heute dienten sie zum Teil als vermietete Altbauwohnungen, und anscheinend sorglos hob Chelsie den Blick zu einem stillen Fenster empor. Der taubengraue Himmel sah aus, als wollte er noch weinen oder die Pauke schlagen.

Sie trugen bereits ihren Einkauf in Rucksack und Tüte, als die farbenfrohe Gehirnprothese tirilierte. Gespannt blieben Hans Dieterle und Annika stehen, da die drahtziehende Jüngere nicht nur auf dem Display las, sondern auch gleich wieder schrieb.

„Na, wer sagt's, unter affektbedingten politischen Unkorrektheiten wie ‚hinterhältige Emanzenschlampe‘ und ‚Mösengeldquetsche‘ lässt mich Raffael deutlich wissen, dass er auf die Forderung eingehe. Um aus der ganzen Sache das Bierernste ein bisschen rauszuschütteln, hab ich angesichts dem Wetter als filmreife Kulisse für die Geldübergabe den Hafen ausgemacht, heute um 22 Uhr dort drüben", zeigte sie in nördliche Himmelsrichtung.

„Dann lass besser uns das übernehmen. Wer weiß, das ist sicherer", bot ihr Vater nachdrücklich an, und Nikki teilte nicht unkühn seine Meinung.

Sie standen nicht weit entfernt von der gestern besuchten Restaurantbar, bei der noch immer die Harley wartete, und wollten erst einmal gesplittet zurück nach Nieuw West fahren. „Findet ihr den Weg? – Dann bis gleich", drehte sich Chelsie mit dem gestopften Plastikbeutel in Richtung der Straßenbahn. Als aber ihr Smartphone erneut rhythmisch aufleuchtend nach Aufmerksamkeit gierte, fragte das Motorradpaar im Gleichklang: „Wer ist das jetzt?"

„Ein ganz anderer. Niemand", schaltete sie einfach den Ton aus und winkte ab.

In der Straßenbahn hingegen rief sie endlich Professor van Steen zurück. Sie umschrieb bedächtig den Stand der Dinge und verabredete sich mit ihm auf einen Termin in drei Tagen, weil sie meinte, dass sie bis dahin freier oder schlauer seien.

Unterdessen bog Hans Dieterle mit Annika hintendrauf tatsächlich so falsch ab, dass sie noch mal zurück ins Stadtzentrum fahren mussten, um von hier aus den richtigen Weg zu nehmen. Sowie die beiden jedoch vor dem betreffenden Hochhaus abstiegen, fanden sie Chelsie nahe der Eingangstür in eine aggressive Diskussion mit einem modisch gekleideten Kerl verstrickt, der filialleitender Techniker hätte sein können. Es war derselbe, aus dessen Wohnung sie sich nach der verzückten Fellatio gestohlen hatte. Offenbar stand er um Haaresbreite davor, gewalttätig zu werden. Im Gemüt des Vaters loderte so stark die Schmach von der Autobahnraststätte auf, wo ihn die weibsgeilen Fatzken zusammengeschlagen hatten, dass seine massigen geballten Finger knackten. Ohne ihn und Annika aus diesem Winkel zu sehen, traute sich allerdings der Belagerer aus irgendeinem Grund nicht, die kleine hübsche Intelligenzbestie einfach an der Gurgel zu packen. Stattdessen lief er mit einer unbestimmten Drohgebärde in entgegengesetzter Richtung zu seinem Auto davon.

„Der gehört vermutlich zum 60.000er-Verein? Was hast du ihm gesagt?", kam mit aufgeknöpftem Leder-jäckchen die gelernte Arzthelferin an der Seite von Hans Dieterle näher. Chelsie zuckte die Schultern: „Dass man überall Geld verlieren kann und ich kein Fundbüro sei, aber an der Idee arbeite."

Zusammen gingen sie durch die Eingangstür und zum Lift. Um ihrem Vater endlich ein wenig Sesselhaftigkeit zu gönnen, verbrachten sie beinahe den ganzen restlichen Tag in der Wohnung. Allerdings drohte die Lange-weile, da kein Fernseher vorhalluzinierte und für ihn alle Welten im Bücherschrank sieben Siegel hatten, zumal mehrere Gebraucht-Exemplare in Niederländisch verfasst waren. Darum spielten sie zwischendurch Blinde Kuh, was viele Lacher einbrachte. Doch spätabends brachen Hans Dieterle und Annika mit ernsten Mienen auf.

Regen prasselte ihnen gegen das Visier und durchnäss-te den Stoff an ihren Schenkeln. Obwohl Chelsie ihnen erklärt hatte, dass die Waffenkontrollen in Amsterdam mittlerweile sehr streng seien, wurde ihrem Vater auch psychisch etwas klamm, weil sie nichts zur Notwehr bei sich trugen.

Am dunklen Hafen, in dem der gleichmütige Strom des Nordseekanals raunte, warteten sie neben dem ab-gestellten Motorrad. Beunruhigt kniff auch Nikki die Augen zusammen, als langsam zwei grelle Schweinwerfer auf sie zurollten und dann aus klackenden Türen beinahe unsichtbar-schwarz drei Männer in der exklusiven Kleidung einer Totenmesse stiegen.

Der mittlere der näher tretenden Formierung war Raffael, den Chelsie mit einer Beschreibung darauf vorbereitet hatte, wer an ihrer Stelle erscheinen würde. Offenbar hielt er nicht einmal einen Gruß für nötig, sondern wies gleich einen seiner pokergesichtigen Bodyguards an: „Gib ihnen den Koffer."

Als hätte ihnen Hollywood die soziale Vorlage zu Politgangstern geliefert, und nicht nur umgekehrt, war die Übergabe das reinste Klischee. Nur mangelte es diesem wie einem nächtlichen und schlecht motorisiertem Schlauchboot an Luft. Kaum wurde der Koffer nämlich einen Spalt geöffnet, um bei goldenem Innenlichtlein das empirische Vorhandensein der Geldnoten zu beweisen, stellte Hans Dieterle die Frage: „Wie transportieren wir das jetzt auf dem Motorrad?"

„Wir müssen es", antwortete Annika unter dem verächtlichen Blick der renommierten Ganoven, „in den Rucksack umschütten."

„Für so viel Absurditäten fehlt mir der Nerv", knirschte Raffael regenbetropft mit deutlichem Akzent, „macht damit, was ihr wollt. Aber lasst Chelsie eines wissen: Noch einmal wird sie mit dieser Masche garantiert nicht durchkommen." Er blickte schließlich dem Biker direkt in die Augen. „Der missratene Vater sollte besser auf seine missratene Tochter achtgeben. Auf Nimmerwiedersehen!"

Während die drei mit der Limousine wieder wegfuhren, füllte das Paar erleichtert und gewissenhaft den Rucksack. In den leeren ausgekleideten Koffer setzte sich nachher eine verirrte Möwe, doch eine zweite erhob ebenfalls Besitzansprüche, und folglich zankten sie sich so lange um ihn, bis er als Schlag ins Wasser endete.

Chelsie lächelte warm bei der Rückkehr ihrer Mittelsleute: „Erinnerst du dich, Papa, wie du mir als Kind erzählt hast, dass du auch mal Schmuggler warst? Da hat sich Mutter vor lauter pädagogischem Augenrollen fast die Pupillen ausgerenkt. Gut habt ihr das gemacht, danke."

Am nächsten Tag arrangierte sie alles, um den übrigen Liebhabern die gestohlenen Summen wiederzugeben. Doch sie kehrte nur niedergeschlagen in die Wohnung zurück. Auf die betroffene Reaktion ihres Vaters und seiner Freundin hin, was denn passiert sei, ließ sich Chelsie in den Sessel sinken: „Sie wollten allesamt das Geld nicht annehmen."

„Nicht annehmen? Wieso das?"

„Weil sie mich schuldig halten wollen. Sie gieren einzig nach meiner Person. Bezaubernd, nicht? Ich bin müde", schob sie sich elastisch wieder auf die Beine, „ich leg mich ins Bett."

Alles blieb ungeregelt. Nach dem Frühstück überredete Chelsie ihre Gäste unter Aushändigung eines Zweitschlüssels, sie sollten sich doch einfach die Wachsfiguren bei Madame Tussauds oder den Martin-Luther-Kingpark in Amsterdam Zuid anschauen. Selber las sie in einer

Stunde drei Tageszeitungen durch und traf sich später mit dem Professor in einem Hotel.

Van Steen hörte mit offenem Hemdkragen im Zimmer stehend zu, wie seine exmatrikulierte Lieblingsstudentin die jüngsten Ereignisse abtat. Dann küsste sie ihn barfuß in ihrer Jeans, und seine Hände berührten ihre Taille unter dem losen Langarmshirt. Doch mit einem Mal wandte er sich ab.

„Bin auch ich daran schuld, Chelsie?"

„Woran?"

Er antwortete: „An deiner flanierenden Ironie nach kierkegaard'scher Art."

„Nein", gluckste sie, „das steckt in mir."

„Denkst du, dass die Frucht der Erkenntnis ein hohes Gut ist? Bist du nicht der Überzeugung, dass sie höher steht als unser flüchtend-anklammernde Wunsch nach Illusionen und von jeder Generation gepflückt werden muss?"

„Worauf zielen diese Worte?"

„Vielleicht ist es an der Zeit", drehte er sich ihr wieder gänzlich zu, „nicht mehr sich selber und die anderen an der Nase herumzuführen."

„Unsere Verabredung hier ist mehr als ein offenes Geheimnis. Dass ich mich darüber hinaus genötigt sehe, andere zu bestehlen, weiß jeder."

„Genötigt, sagst du. Selbst wenn dir diese finanziellen Begleichungen für den Moment geglückt wären, so würde die existenzielle doch ausbleiben, und im Grunde ist dir das genau bewusst."

Chelsie wurde ärgerlich. Auf einmal fühlte sie sich trotz des samtenen Teppichs ohne Schuhe nicht mehr wohl. „Wolltest du mich nur sehen, um zu sticheln? Hattest du zu nichts weiter Lust, als mich psychologisch zu fötzeln?"

„Ich empfinde zu tief, um dich verletzen zu wollen oder selber verletzt zu sein. Wenn du Wut in dir spürst, dann auch gar nicht auf mich." Der Professor blickte in das scharf verweilende Azurn ihrer Augen und begann, im Zimmer umherzuwandern. „Eine ehemalige Studentin von mir arbeitet in einem Verlag, ein anderer Absolvent verdient sein Geld durch Workshops zur kreativen Lösung von Alltagsproblemen, und jemand drittes ist sogar bei einem Fernsehstudio im Spartenprogamm untergekommen. Philosophie ist kein brotloser Luxus; Philosophie ist nutzbringend. Du musst endlich das wahre Motiv deines Handelns eingestehen", trat er noch einmal hautnah an sie heran, „aber nicht vor mir, Chelsie, denn ich bin nicht dein Vater."

Aggressiv ging sie nach Hause.

Hans Dieterle freute sich gerade still mit unausgelotet billiger Lesebrille im Sessel über das verbesserte Entziffern eines niederländischen Kreuzworträtsels, das er auf einer Parkbank gefunden hatte, und füllte alles falsch aus. Auch ein kurioses Katerchen aus Plastik hatte er irgendwo ausgebuddelt. Da fragte seine hereinrauschende Tochter grob: „Hast du vor lauter Blödsinn wieder mal ein weibliches Wesen unterwegs verloren? Wo ist Nikki?"

„Sie ist noch mal in diesen Getränkeladen um die Ecke gegangen. Hast du selber", sah er sie forschend an, „deinen Wünschen nicht weiterhelfen können? Bist du frustriert wegen diesen Männern?"

„Ja, wegen einem ganz besonders, und nimm diese Brille ab. Damit siehst du noch dämlicher aus." Sie zuckte im Stehen innerlich zusammen, als hätte sie gerade sich selber einen überheblichen Peitschenhieb erteilt, weil ihr Vater die Lesehilfe tatsächlich abnahm. Gleichzeitig gelüstete es sie danach, die Wunde ganz aufzufetzen:

„Wenn andere in die Welt geschleuderte Kinder ihren Geburtstag feierten, dann spielten auch ihre Väter mit ihnen, aber wann immer ich die kitschigen Kerzchen auf meiner Instant-Torte ausblies – wo war die Aufmerksamkeit meines Vaters? Wenn irgendwelche dressierten Flachköpfe für ihre guten Noten geehrt wurden, dann saßen auch deren Väter in der steif grinsbackigen Stuhlreihe, aber wann immer ich als Klassenbeste einen Preis überreicht bekam – wo war die Aufmerksamkeit meines Vaters? Wenn eine lebensgierige Schlunze von Freundin wegen den engstirnigen Regeln ihrer Mutter abkotzte, dann konnte sie sich vielleicht tröstend auf ihren Vater stützen, aber wann immer ich meiner am liebsten ins Gesicht gespuckt hätte – auf mein Vater war sicherlich kein Verlass. Und das alles verhielt sich auch schon vor der Scheidung, lange schon vor meiner Teenagerzeit so. Einer Vierjährigen ist es egal, ob der Vater als zotteliger Vollidiot durchgeht, solange seine Liebe nur *da ist* …"

Hans Dieterle saß zutiefst bekümmert vor ihr. Unter den Schlägen hatte sie selber begonnen zu wimmern, aber ihre zynische Beherrschtheit verbot fließende Tränen. Lieber schrie sie auf: „Willst du die Wahrheit wissen?"

Raschelnd kam gerade jetzt Annika mit dem Zweitschlüssel und einem bunten kleinen Getränkekasten zurück. Ihr Mund formte sich zu einem Gruß, doch die Wohnung schien gleichsam mit feuchtwarmem Starkstrom aufgeladen, so dass sie nur ihr Jäckchen abstreifte und schweigsam stehen blieb. Hans Dieterle erhob sich.

„Willst du die endgültige, verzwickte, schlichte Wahrheit wissen?", johlte Chelsie.

„Ja", sagte er gefasst.

„Allein aus Rachsucht hab ich all diesen Männern etwas abhandenkommen lassen, weil mir der männliche Elternteil abhandenkam!" Heulend schüttelte es endlich die Tränen aus ihr wie aus einem Kind.

Hans Dieterle wollte ihr sagen, wie sehr er das alles bedaure. Da er dies aber schon auf dem Rembrandtplein getan hatte, nahm er seine Tochter stattdessen sanft in die Arme. Dadurch knitterte ihre Haltung noch mehr vorneweg. Sie umarmte ihn ebenfalls, fand nach einer Zeit ihre Seelenruhe und straffte sich wieder.

Mit ihrem Handy hatte Annika unterdessen von den beiden ein Foto eingefangen. „Verzeihung", lächelte sie.

„Ach, ich", säuberte Chelsie mit trocken linierenden Fingern ihre Augen und sah wieder ihren Vater an, „ich will Entschuldigung sagen. So unbedarft bist du gar nicht.

Dass Mutter bei der Haftpflichtversicherung arbeitet, hat mich zu meinen Diebereien ebenfalls angestachelt, auch wenn sich dabei am Sinn zweifeln lässt, da ich nur anderen und mir selber damit geschadet habe. Schwer vorstellbar, dass sie mal den Geschmack des wilden Lebens kannte. Du hast geglaubt, dass sie und ich uns gut verstehen, nicht? Am liebsten wäre ich wegen ihrem kontrollsüchtigen Spießbürgertum aber schon mit 14 Jahren von daheim geflohen. Ich bin froh, dass ihr da seid", schloss Chelsie.

„Wer möchte genau was trinken?", fragte hierauf Annika halb breitbeinig mit dem Kasten vor sich.

Ungeniert antwortete viermal hintereinander girrend das Handy, und zwar keinesfalls dasjenige mit dem einträchtigen Bild in den digitalen Eingeweiden. Chelsie musste gar nicht erst schauen, um zu wissen, dass es hartnäckig aufdringliche Liebhaber waren.

Nachdem sich die Verbündeten mit Gläsern gesetzt hatten, fragte Nikki: „Wie werden wir dieses Rudel jetzt los?"

„Wir müssen sie in eine Art Fallgrube treiben", überlegte Chelsie, „alle zusammen beziehungsweise nacheinander wie mit einem Dampfhammer abschrecken, damit sie nirgendwohin mehr die Verfolgung aufnehmen, und dann von hier weg." Erwartungsvoll linste sie zu ihrem Vater.

„Soll ich Bud Spencer spielen, oder wie?"

„Das wäre gar keine schlechte Idee …", blitzte über ihre blassgeröteten schlanken Wangen ein Lächeln.

Für den folgenden Tag verabredete sich Chelsie mit den verbliebenen sieben Liebhabern unter genau kalkulierten Abständen in ihrer Wohnung. Sie waren alle zwischen 30 und 45 Jahren, eitel, nutzlos ehrgeizig, empfänglich für weibliche Sexualenergie bis zur Blindheit.

In süßlicher Spitzenunterwäsche öffnete sie dem ersten von ihnen, der unversehens ihr „Hallo, komm —" mit seinem daraufgepressten Mund erstickte. Sie packte den Brünstigen ihrerseits umschlingend und krallend, um mit ihm ins Schlafzimmer zu flittern.

Sowie sie die Tür geschlossen hatte, postierte sich Hans Dieterle in einem Winkel der fensterlosen Diele. Unter dem animalischsten Gerumse, Geschreie, Geseufze gab die junge Philosophin dem anderen die Sporen. Dann wurde es still. Der schwergewichtige Versager sah es nun von sich abhängen, die weiteren Ereignisse erfolgreich in eine andere Bahn zu lenken. Die Tür öffnete sich wieder, und in ausgespritzt-entspannter Manier drehte sich der Gockel gleich zum Badezimmer. Mit der aufgestauten Wucht einer heimlichen Vergeltung traf ihn die Faust so mächtig auf den Hinterkopf, dass er ohne weitere Fragen in das schwer verständliche Land der Surrealisten fiel.

Sofort erschien Annika mit einem weißen Häubchen, auf dem ein rotes Kreuz prangte, und ihr Talisman baumelte beim Herabbeugen vor dem betuchten Busen. Gemeinsam mit Hans Dieterle hievte sie den Naturbetäubten auf die wieder zusammengeklappte Couch und setzte ihn zurecht. Drei cremige Tiegel und der schwarze

Kunststoffkater standen auf einem Tisch anbei. Chelsie, die in ihrem Mund von links nach rechts Bitter Lemon schwurbelte, hatte inzwischen ihre Unterwäsche wieder angezogen und warf aus dem Handgelenk auch die männlichen Klamotten nach: „Hier, wozu soll ich dem Kerl das Zeug stehlen?"

Die Norddeutsche aber verarztete ihm, ließ eine Binde um seinen geschwollenen Kopf kreisen und betrachtete interessehalber den glänzenden Penis. Während langsam sein Bewusstsein zurückirrte und der Biker sich wieder in der Küche versteckt hielt, murmelte sie unter magischem Getue: „*Potente nihil polente pussy medicussi spermoi ahoi katastrophi hirni …*" Völlig entgeistert blickte er sie an.

„Kuckuck! Was für ein Pech du doch im Flur da hattest. Sag bloß, du hast nicht gewusst", schnabelte sie, „dass ein Brett an der Decke lose ist? Erkennst du auch Chelsies ältere Schwester nicht mehr?"

Doch der verstörte Mann fledderte sich nur rasend in seine Kleidung. Nikki schwang mit dem Füllfederhalter eine Notiz: „Das ist die Adresse von meinem Ex, einem bekannten Schädel-Hirn-Traumatologen aus Deutschland, den du unbedingt aufsuchen und belästigen solltest", stopfte sie ihm den Zettel gerade noch rechtzeitig in die Hosentasche. Denn der Taumelnde ergriff sprachlos durch die Wohnungstür hinaus die Flucht.

Chelsie schob ein furchtsaures Lachen an ihren Lippen zurück: „Der wird für alle Zeit um die Hexenküche und mich einen großen Bogen machen. Aber wir müssen bei der Arbeit konzentriert bleiben …"

Mit rascher Routine folgte auf ihn der zweite, dann der dritte, vierte, fünfte, sechste und endlich der siebte. Zum ersten Mal in seinem Leben jedoch fühlte sich Hans Dieterle auf der Seite der Gewinner.

Sie planten, den Mietvertrag bei etwaigem Verkauf der Möbelstücke zu kündigen und wegzufahren. Zuvor traf sich Chelsie nahe der Universität unter einem bunt laubenden Baum noch einmal mit Professor van Steen. Ihr Haar strahlte dafür wieder sonnenblond wie früher.

„Von dir fällt mir der Abschied schwer", wisperte sie, „denn ich habe dir so viel zu verdanken. Du hast mich in die klügste Richtung an der Nase gezogen."

„Mir geht es mit dir genauso", schmunzelte er und wurde dann ernst: „Alle Entzweiung beruht auf einem Trug. Du weißt, dass wir nur das wissen müssen, Chelsie. Im tiefsten Weltgrunde, in den jede und jeder von uns zurückquillt, bleiben wir geeint."

Übrigens besaß sie noch 60.000 Euro. Selbst der Betrug ist noch betrogen gewesen, dachte sie schelmisch. Abzüglich dem entwendeten Geld von ihrem ehemaligen achten Liebhaber, Raffael, betrug die Summe nämlich nur 55.000 Euro, womit Chelsie auf das Gestohlene auch noch einen Zinssatz von hundert Prozent bekommen hatte. Von einem kleineren Teil dieses Vermögens kaufte sie sich eine unprotzige schicke Harley.

„Du hast einen Motorradführerschein?", wunderte sich Hans Dieterle stolz. Chelsie schwang sich drauf und ließ die Maschine schnurren: „Was denkst denn du? Ich bin deine Tochter."

Hinter den Altrocker setzte sich aufs neue Nikki. „Und wohin fahren wir jetzt?", blickte sie rüber zu ihrer Freundin.

„Welchen Weg wir auch immer wählen, eines steht fest: Die Normalität ist anderswo."